JUAN JOSÉ SAER

LA PESQUISA

LA PESQUISA

Colección Dedalus

ediciones lanzallamas

San José, Costa Rica.
Correo electrónico: info@edicioneslanzallamas.com
www.edicioneslanzallamas.com

Juan Murillo y Guillermo Barquero, editores
Mónica Lizano, diseñadora de la colección
Los lanzallamas, diseño de portada
Herederos de Juan José Saer, fotografía del autor

863.44
S-127p

Saer, Juan José
La pesquisa / Juan José Saer. -1era ed.- San José, C.R.:
Ediciones Lanzallamas, 2019.
2014 p.; 22.86x15.24 cm. - (Colección Dedalus, 9)

ISBN 978-9968-636-32-2
1. Novela argentina 2. Literatura argentina I.Título.

Impreso en Estados Unidos

A Ricardo Piglia

Allá, en cambio, en diciembre, la noche llega rápido. Morvan lo sabía. Y a causa de su temperamento y quizás también de su oficio, casi inmediatamente después de haber vuelto del almuerzo, desde el tercer piso del despacho especial en el bulevar Voltaire, escrutaba con inquietud las primeras señales de la noche a través de los vidrios helados de la ventana y de las ramas de los plátanos, lustrosas y peladas en contradicción con la promesa de los dioses, o sea que los plátanos nunca perderían las hojas, porque fue bajo un plátano que en Creta el toro intolerablemente blanco, con las astas en forma de medialuna, después de haberla raptado en una playa de Tiro o de Sidón –para el caso es lo mismo– violó, como es sabido, a la ninfa aterrada.

Morvan lo sabía. Y sabía también que era al anochecer, cuando la bola de fango arcaica y gastada, empecinada en girar, desplazaba el punto en el que se agitaban, él y ese lugar llamado París, alejándolo del sol, privándolo de su claridad desdeñosa, sabía que era a esa hora cuando la sombra que venía persiguiendo desde hacía nueve meses, inmediata y sin embargo inasible igual que su propia sombra, acostumbraba a salir del desván polvoriento en el que dormitaba, disponiéndose a golpear.Y ya lo había hecho –agárrense bien– veintisiete veces.

Allá la gente vive más que en cualquier otro lugar del planeta; se vive más tiempo si se es francés o alemán que africano y, si se es francés, se vive más tiempo si se es, parece, hombre de la ciudad que agricultor por ejemplo, y si se es de la ciudad –siempre según las estadísticas– se vive mucho más tiempo si se es parisino que si se es de cualquier otra ciudad y, si se es parisino, se vive mucho más tiempo si se es mujer que si se es hombre –y algo debe haber de cierto en todo esto, porque en París abundan las viejecitas nobles, burguesas, pequeñoburguesas o proletarias, solteronas achicharradas o mujeres libres que envejecieron obstinándose en no perder su independencia orgullosa, viudas de notarios o de médicos, de comerciantes o de conductores de subterráneo, exverduleras o exprofesoras de dibujo o de canto, novelistas en plena actividad, emigradas rusas o californianas, viejas judías sobrevivientes de la deportación, e incluso antiguas *cocottes* obligadas a retirarse por un censor más severo que las buenas costumbres, quiero decir el tiempo: la luz del día las ve reaparecer cada mañana, emperifolladas o casi en harapos, según su condición, estudiando dubitativas los estantes multicolores de los supermercados, o, si hace buen tiempo, en los bancos verde oscuro de las plazas y de las avenidas, sentadas solas y tiesas o en conversación animada con algún otro ejemplar de su especie, o dándole, en actitud ya inmortalizada por las postales, migas a las palomas; de mañana, en primavera, se las puede divisar en salto de cama, el torso inclinado hacia el vacío en la ventana de un quinto o sexto piso regando con aplicación malvones florecidos. En el interior de los edificios se las ve subir o bajar las escaleras, precavidas y lentas, con un bolso de provisiones o un caniche nervioso, pueril y un poco ridículo que llevan en los brazos y del que hablan a veces con algún vecino empleando una terminología de análisis psicológico que ningún psicólogo se atrevería ya a aplicar a un ser humano. Cuando son demasiado viejas, el asilo o la muerte las escamotean, sin que sin embargo su número disminuya, porque nuevas promociones de viudas, de divorciadas y de solteronas, después del lapso irreal y demasiado largo de lo que llaman vida activa, vienen a ocupar, habiendo ya enterrado a todos sus parientes y conocidos, inconscientes o resignadas, las vacantes.

La obstinación por durar, más misteriosa todavía que el concurso de circunstancias que puso al mundo en funcionamiento y más tarde a ellas —y también a nosotros— en el mundo, las va depositando en sus departamentos exiguos, llenos de bártulos y de carpetitas, de manteles bordados antes de la segunda guerra y de alfombras gastadas, de muebles de familia y de baúles, de botiquines repletos de remedios, de juegos de cubiertos que vienen del siglo pasado y de fotos amarillentas en las paredes y sobre el mármol de las cómodas. Algunas viven todavía en familia, pero la mayoría o bien no tiene ya más a nadie o prefiere vivir sola; las estadísticas –quiero que sepan desde ya que este relato es verídico– han demostrado por otra parte que, a cualquier edad, las mujeres en general soportan mejor la soledad y son más independientes que los hombres. El caso es que son innumerables, y aunque también las estadísticas y también, desde luego, en general, demuestran que los ricos viven más que los pobres, las hay que pertenecen a todas las clases sociales, y si bien por la vestimenta y por los lugares donde habitan revelan sus orígenes y sus medios, todas tienen los rasgos comunes propios a su sexo y a su edad: el paso lento, las manos arrugadas y llenas de vetas oscuras, la dignidad ligeramente artrítica de los gestos, la melancolía evidente de los inconcebibles días finales, los órganos parsimoniosos y los reflejos indecisos y seniles, para no hablar de las operaciones múltiples, cesáreas, extracciones de muelas y de cálculos, ablaciones de senos, raspados y eliminación de quistes y de tumores, o de las deformaciones reumáticas, de los disturbios neurológicos, la ceguera progresiva o la sordera total, los senos que se desinflan o se achicharran y las nalgas que se desmoronan, y por último, de la hendidura legendaria que, literalmente, expele no solamente al hombre sino también al mundo, el tajo rosa que se reseca, se entrecierra y se adormece.

Y, sin embargo, si la noche se las traga, con el día, como decía, reaparecen, y las que no se han dejado corroer por la desesperanza, la miseria, las ilusiones perdidas, la tristeza, florecen a media mañana con sus sombreritos pasados de moda, sus tapados severos, sus pinceladas discretas de colorete, trotando a la par de sus caniches o bajando cinco o seis pisos de escaleras para ir a comprar la comida de los gatos, el alpiste del canario, o la revista semanal con los programas completos de televisión, o tal vez, y por qué no, al restaurante del que saldrán a principios de la tarde para ir a visitar a algún conocido al hospital, o más probablemente todavía al cementerio para limpiar la tumba de algún pariente, vueltas ya casi, de materia que eran, símbolo, idea, metáfora o principio.

Por cierto que son un elemento propio de esa ciudad, un detalle del color local, como el museo del Louvre, el Arco de Triunfo o los malvones en los rebordes de las ventanas a cuya existencia, hay que reconocerlo, con sus regaderitas de plástico o sus jarras de agua matinal, ellas contribuyen de todas maneras más que nadie. Como premio quizás por el trabajo de preservar y aun de multiplicar hombre y mundo en la red de sus entrañas tan deseadas, o por pura casualidad, a causa de un ordenamiento aleatorio de tejidos, de sangre y de cartílagos, les ha sido dado a muchas de ellas persistir un poco más que los otros, en las márgenes del tiempo, igual que esos remansos en los ríos en los que el agua parece detenida y lisa, debido a una fuerza invisible que frena la corriente horizontal, pero tira inexorable y vertical hacia el fondo.

Aunque en apariencia son inofensivas, a veces pueden ser irritantes, y tal vez la conciencia de su propia fragilidad, que de un modo paradójico las induce a creerse invulnerables, le da cierto desparpajo a sus opiniones, lo que puede convertirlas en la voz cantante de su época, de modo que en cierto sentido sus observaciones severas en la puerta de una panadería, sus análisis sociológicos en los salones de té, sus comentarios mecánicos hechos a solas en voz alta ante las imágenes del televisor, revelan más los trasfondos del presente que los discursos de los así llamados políticos, especialistas en ciencias humanas y periodistas. La conversación diaria de una anciana con su canario, mientras le limpia la jaula, es tal vez el único debate serio de los tiempos modernos, no los que tienen lugar en las cámaras, en los tribunales o en la Sorbona: habiendo ganado, después de haberlo perdido todo, el privilegio de no tener nada que perder, una sinceridad sin premeditación preside su estilo oratorio, que a veces ni siquiera se expresa con palabras, sino más bien con silencios y ademanes significativos, con sacudimientos de cabeza para nada explícitos, y con miradas en las que se confunden ardor y desapego. El término medio, bueno o malo, sale de entre sus labios arrugados, provocando a veces, en interlocutores menos satisfechos consigo mismos que ellas, la risa, el estupor, e incluso la indignación. Ya sabemos que la expresión popular *como dijo una vieja* anuncia siempre algún dislate del que nos reímos de antemano, y que en los cuentos y en las canciones populares las ancianas andan por lo general en conflictos de preeminencia con el diablo. Porque en definitiva, y aunque a menudo amenacen con ella a las criaturas, la malignidad de los viejos tiene para el resto del mundo cierta comicidad, igual que un lapsus verbal o un anacronismo.

Eximidas del delito de opinión, otros peligros acechan a las ancianas. En la selva de las ciudades, lo mismo que en la literal, deseo y pánico, accidente y necesidad, determinan el desenvolvimiento de las especies, y los manotazos de ciego que suele dar la expansión tortuosa o recta, precipitada o lenta de las cosas, también alcanza a las viejecitas: puñetazos de drogados, descontrol nocturno de ladrones principiantes sorprendidos en pleno trabajo, argumentación envolvente de estafadores, e incluso adolescentes en patines sobre las veredas grises de la ciudad privada de horizonte, dejan su tendal de viejecitas despojadas, ensangrentadas y llorosas.Al galope del mundo –ya lo sabemos– no es el jinete sino el caballo el que lo dirige. Pero no era eso lo que le preocupaba a Morvan cuando escrutaba, esa tarde de diciembre, casi en seguida después de haber vuelto del almuerzo, a través de las ramas peladas de los plátanos, la caída rápida de la noche.

Faltaban dos o tres días para Navidad, de modo que era en el centro mismo del invierno que Morvan reflexionaba. El cielo blanco y que sin embargo no aclaraba la atmósfera anunciaba, como se dice, nieve. Había mucha gente por la calle. Mujeres cargadas de paquetes, de bolsos, de ramas de pino y de criaturas, cruzaban apuradas por las rayas blancas de los pasajes para peatones en todo el perímetro de la plaza León Blum del que Morvan, en el lugar en que estaba y por mucho que se inclinara hacia la ventana, no podía ver más que una parte, aunque, de tanto haberlo recorrido en los últimos meses, cuando la Brigada Criminal había decidido instalar el despacho especial, conocía de memoria cada uno de sus tramos, el entrecruzamiento, no en forma de estrella sino más bien de asterisco, de la rue de la Roquette y el bulevar Voltaire, más la rue Godefroy Cavaignac, la rue Richard Lenoir, y las avenidas Ledru Rollin y Parmentier, que nacían en diversos puntos de la plaza. En todo el perímetro, los supermercados, los bares y las florerías, el Burger King de una de las esquinas, la plazoleta con la calesita en el cruce de la avenida Ledru Rollin con el tramo oeste de la rue de la Roquette, las zapaterías, las pizerías y las farmacias, las verdulerías y las rotiserías, le tejían una especie de corona clara y colorida al edificio sombrío del municipio, al que los adornos luminosos que colgaban de su fachada, instalados especialmente para las fiestas, no conseguían alegrar. A través del vidrio y desde el tercer piso, y sobre todo en esa atmósfera particular que precede siempre a una gran nevada, el ir y venir de la muchedumbre un poco fantasmal ocupada en sus diligencias de Navidad, le llegaba como un tumulto silencioso. La escena agitada pero blanda y lejana de los comercios iluminados, la municipalidad sombría, los autos que esperaban en los semáforos o cruzaban a paso de hombre las esquinas, la gente cargada de paquetes y bien envuelta en ropa de lana, las fachadas grises de las casas y los techos de pizarra, las ramas peladas de los plátanos, en contradicción con la promesa de los dioses, y el cielo blanco anunciando nieve inminente, el cuadro vivo que se movía allá abajo, privado durante unos segundos de sus explicaciones causales, tenía la intensidad nítida y al mismo tiempo extraña de una visión. El gran alrededor del mundo, claro y distante a la vez, le daba de golpe la impresión de haberlo expelido a un exterior impensable de las cosas. Pero esa impresión súbita pasó en seguida y, mientras espiaba la llegada de la noche, Morvan siguió rumiando su preocupación principal.

Se sentía amargo y lúcido, confuso y alerta, cansado y decidido. En veinte años ejemplares en la policía, el comisario Morvan no había tenido nunca la oportunidad de enfrentarse a una situación semejante: el hombre que buscaba le daba, sobre todo en los últimos meses, una sensación de proximidad e incluso de familiaridad, lo que por momentos lo abatía de un modo inexplicable y al mismo tiempo lo estimulaba a seguir buscando. Esa sensación tenía sus razones objetivas, porque el espacio en el que se cometían los crímenes venía circunscribiéndose a un radio cada vez más corto a partir del despacho especial de la Brigada, y en esa restricción había sin duda un elemento significativo, del que era difícil decidir si se trataba de un azar persistente o de un desafío, una especie de regla que el asesino se imponía, un capricho transformado en obligación igual a los que se someten la locura o el arte. Es verdad que en los meses transcurridos desde los primeros crímenes, el asesino nunca había actuado más que en los *arrondissements* décimo y undécimo, y que en los últimos meses se había limitado al undécimo, lo que explicaba la instalación del despacho especial de la Brigada enfrente de la municipalidad, en el bulevar Voltaire, con él, Morvan, como jefe de operaciones, pero la proximidad creciente de los crímenes respecto del despacho, le producía a veces un malestar fugaz y angustioso, y cualquiera fuese la explicación, regla o casualidad, capricho compulsivo o desafío temerario, le parecía igualmente inquietante.

Era tal vez demasiado buen policía. En todo caso, a veces lo pensaba de sí mismo, y de tanto en tanto era a su profesión, y al hecho de no haber tenido hijos —que de ningún modo lamentaba– lo que consideraba como las causas principales de su fracaso matrimonial. El último año sobre todo, después de la separación con Caroline, decidida de común acuerdo pero a partir de un deseo de Morvan, el sentimiento de haber llegado a los cuarenta y tantos años para encontrarse en la soledad más absoluta venía siempre acompañado de una sospecha y al mismo tiempo de una determinación: que era la profesión de policía la causa de sus trastornos afectivos, pero que de ningún modo podía renunciar a ella. Su oficio era menos un trabajo o un deber que una pasión, con todos los excesos contradictorios que una pasión puede acarrear. No es que lo hubiesen tentado nunca el abuso de poder o la brutalidad o ni siquiera la venalidad frecuente entre sus colegas, no, nada de eso: era el más recto –tal vez un poco demasiado como podía pensarlo a veces él mismo con un poco de ironía– y el más meticuloso desde el punto de la ley –tal vez un poco demasiado, como pensaban a veces sus colegas con un dejo de agobio y hasta de malhumor– de toda la Brigada Criminal; y podría haber llegado mucho más alto en la jerarquía si, imitando a algunos compañeros de promoción, le hubiese robado algunas horas a su trabajo para dedicárselas, como se dice, a la política. Pero aun los que lo habían sobrepasado en grado y frecuentaban los corredores de los ministerios y de las embajadas, los palacetes de los emires y de los dictadores africanos, no ignoraban que una investigación difícil, que exigiese imaginación y perseverancia, tiempo y razonamiento, flexibilidad y obstinación, una investigación de la que por otra parte a ellos no les hubiese interesado en absoluto ocuparse, únicamente el comisario Morvan podía llevarla hasta el final y extraer de ella, sean cuales fueren, hasta las últimas consecuencias. Como en todo investigador auténtico, cualquiera fuese el campo al que la aplicara, la pulsión de verdad sobresalía en él del hervidero de sus otras pulsiones, adormiladas por la urgencia impasible del conocer, que en él no tenía más límite que la legalidad y que por esa razón era indiferente a la compasión –que al margen de su oficio no le faltaba– e incluso a veces a la justicia.

Había tenido una vida no difícil, pero sí sombría –según una versión antigua, anterior a la experiencia y a la memoria, su madre había muerto durante el parto, y como su padre era ferroviario, conductor de locomotoras, y se ausentaba a menudo, se había criado en el campo, en la región del Finistère, con la madre de su padre. Apenas se lo permitía su trabajo, una o dos veces por mes, siempre cargado de caramelos y de regalos, el padre venía para verlo y para descansar unos días en la casa materna que, desde la desaparición de su mujer, era la única casa que tenía. De tanto en tanto, durante las vacaciones escolares, el padre lo llevaba con él en sus viajes, en la locomotora, y cuando lo traía de vuelta, disponiéndose a irse otra vez, tenía la costumbre de abrazarlo largamente, bajo la mirada de la abuela que, por razones que Morvan comprendería muchos años más tarde, sacudía la cabeza, con expresión menos triste que contrariada o furiosa. A los dieciocho años se fue a estudiar abogacía a París, pero al año siguiente ya había entrado en la Escuela de Policía. El padre, viejo militante comunista que había luchado en la

Resistencia, pero que lo estimaba demasiado como para enfurecerse, recibió la noticia con perplejidad, hasta que comprendió ese aspecto singular de su temperamento, la apetencia de lo claro, la inclinación por la verdad, más fuerte que la pasión del placer, que la de sí mismo y aún, como les decía hace un momento, que la de la piedad o la justicia. Y después de esa comprobación, de esa toma repentina de conciencia, el padre había empezado a sentirse vagamente el hijo de su propio hijo, ligado a él, más allá del amor seguro y sin dobleces, por el respeto un poco temeroso, la culpa y la vulnerabilidad. Morvan lo presentía, pero recién el año anterior se había enterado de las causas.

Aunque no vivían juntos, el padre y el hijo nunca se habían separado. Una especie de intemperie común hecha de gravedad, de protección mutua y de silencio los mantenía unidos. Debido a sus trabajos respectivos, podían pasar semanas y hasta meses enteros sin verse, pero nunca más de diez o quince días sin llamarse por teléfono, o sin mandarse una postal garabateada entre dos tareas absorbentes, un mensaje amable y lacónico en el que, por debajo de las frases banales que lo componían, palpitaba la turbulencia oscura de lo que habían callado desde siempre. La muerte de la abuela, el casamiento de Morvan, la jubilación del padre, no habían modificado en nada esa complicidad desvalida y tácita, que en el padre provenía de una inquietud infantil y en el hijo de la certidumbre de un dolor sin nombre. Hasta que el año anterior, el secreto había salido a la luz del día.

Por decisión propia –Morvan y Caroline habían tratado de disuadirlo– el padre vivía en un hogar de ancianos. El hijo y la nuera lo visitaban seguido, o lo invitaban a pasar largas temporadas con ellos, lo que el padre aceptaba con la docilidad de una criatura dejándose llevar, sumiso y neutro, a los parques, a los restaurantes y a los teatros hasta el día en que, sin previo aviso, hacía su valija sin dar explicaciones y se volvía al hogar de ancianos. En el último viaje, el padre había notado los signos de conflicto entre Morvan y su mujer y, en un estado inusual de excitación, había interrumpido bruscamente su estadía, y cuando un mes más tarde se produjo la separación definitiva, Morvan lo informó con una carta dolida y breve. El padre lo mandó llamar. Mientras rodaba en auto por la autopista hacia el Finistère, Morvan ya sabía que el encuentro que se avecinaba pondría de manifiesto la quemazón callada que los había mantenido unidos, como una llaga común, durante más de cuarenta años.

Una semana después de la entrevista, el padre se suicidó. Al recibir la noticia, Morvan supo que ya había presentido secretamente ese desenlace y que, al presentirlo, se había dicho también secretamente que, si el padre lo llevaba a cabo, ese gesto sería desproporcionado en relación con los sentimientos que la revelación había causado en su hijo: porque enterarse de que su madre no había muerto durante el parto sino que los había abandonado por otro hombre, al padre y al hijo, apenas había tenido la fuerza suficiente para mantenerse en pie y salir caminando de la maternidad, ese secreto que la humillación, la prudencia, la compasión, habían inducido al padre a mantener oculto durante años, como una brasa apretada en el puño, ese secreto que explicaba el furor de la abuela cuando el padre y el hijo se abrazaban largamente antes de cada separación, a él, a Morvan, no le había producido ningún efecto, ninguna reacción emocional como se dice, e incluso ninguna sorpresa, igual que si hubiese leído, en un diario de cuarenta años atrás, una noticia relativa, no a su familia y a su propia persona, sino a un grupo borroso de desconocidos. Y ni siquiera la noticia entera, sino apenas el titular entrevisto distraídamente al dar vuelta una página: *La esposa de un resistente comunista abandona a su marido y a su hijo recién nacido por un miembro de la Gestapo*. Si, al enterarse, no sacudió la cabeza, chasqueando la lengua y emitiendo al mismo tiempo una risita sardónica, fue porque su padre se lo estaba contando entre sollozos, y porque ese viejo austero y querible que estaba viviendo las últimas horas de su existencia era una presencia real que amaba y compadecía. Y mientras lo consolaba, oyéndolo balbucear que, y ella misma se lo había dicho antes de desaparecer para siempre, desde hacía mucho tiempo estaba enamorada de ese hombre pero aunque no sabía de quién era el hijo ni le importaba, había decidido irse recién después del parto para no tener que cargar con la criatura, iba sintiendo que en los pliegues enterrados de su propio ser en los que esas revelaciones hubiesen debido poner en movimiento preguntas, penas y escándalo, se producía lo contrario, la indiferencia, la fatiga, el desprecio desinteresado, semejante al que podría motivar el comportamiento de una especie animal sin ningún parentesco con lo humano –él, Morvan, que, sin embargo, después de trabajar más de veinte años en la Brigada Criminal, había tenido como interlocutores a los más grandes criminales de su época y los había tratado siempre, una vez que había llegado a acorralarlos, sin suavidad por cierto, pero también sin odio, aunque en su fuero interno se hubiese sentido horrorizado por sus crímenes, y además había sido uno de los pocos policías de la Brigada que se había pronunciado por la abolición, de la pena de muerte. Con sus actos, argumentaba, nos espantan y nos sublevan, pero no nos está permitido aplicarles el Talión, para no confirmarlos en sus métodos y también para no ser, como ellos, fieras. La confesión de su padre no había despertado en él como se dice ni estupor ni odio ni deseo de reparación, ni siquiera el instinto de ver claro, de conocer, con minucia y exhaustividad, hasta el detalle más insignificante de los hechos, como le ocurría tan a menudo, para elaborar un diseño coherente y extraer, de ese diseño, un sentido. Únicamente una imagen lo obsedía, pero que desde luego no provenía de su memoria, sino que parecía haber sido entresacada de un fondo de experiencia perteneciente a otros hombres, a la especie entera quizás, excepción hecha de sí mismo: un recién nacido rojizo, ciego y ensangrentado, saliendo por entre las piernas abiertas de la mujer que durante nueve meses lo fabricó, lo alimentó y le dio abrigo y que, una vez que ha logrado zafar la cabeza de los labios que la comprimen, irrumpe aullando, con los puñitos vindicativos y apretados, haciendo estremecerse, a medida que aparece, todo el cuerpito blando y arrugado, la masa vibratoria hipersensible y a medio terminar, hecha todavía casi exclusivamente de nervios y cartílagos, que aterriza en este mundo para manchar de sangre la sábana blanca de la maternidad.

Ustedes se deben estar preguntando, tal como los conozco, qué posición ocupo yo en este relato, que parezco saber de los hechos más de lo que muestran a primera vista y hablo de ellos y los transmito con la movilidad y la ubicuidad de quien posee una conciencia múltiple y omnipresente, pero quiero hacerles notar que lo que estamos percibiendo en este momento es tan fragmentario como lo que yo sé de lo que les estoy refiriendo, pero que cuando mañana se lo contemos a alguien que haya estado ausente o meramente lo recordemos, en forma organizada y lineal, o ni siquiera sin esperar hasta mañana, si simplemente nos pusiéramos a hablar de lo que estamos percibiendo, en este momento o en cualquier otro, el corolario verbal también daría la impresión de estar siendo organizado, mientras es proferido, por una conciencia móvil, ubicua, múltiple y omnipresente. Desde el principio nomás he tenido la prudencia, por no decir la cortesía, de presentar estadísticas con el fin de probarles la veracidad de mi relato, pero confieso que a mi modo de ver ese protocolo es superfluo, ya que por el solo hecho de existir todo relato es verídico, y si se quiere extraer de él algún sentido, basta tener en cuenta que, para obtener la forma que le es propia, a veces le hace falta operar, gracias a sus propiedades elásticas, cierta compresión, algunos desplazamientos, y no pocos retoques en la iconografía.

El caso es que Morvan, decía, se encontró a los cuarenta y tantos, más o menos un año antes del momento en que lo hemos visto por primera vez, después del almuerzo, espiando el anochecer rápido de invierno y el cielo contradictoriamente blanco que anunciaba nieve inminente, sin madre, ni padre, ni mujer, ni hijos, o sea como él mismo lo pensaba de un modo fugaz y con resignación de tanto en tanto, absolutamente solo en el mundo. Una buena cualidad lo protegía: la incapacidad de compadecerse a sí mismo. Su poder de concentración era una especie de círculo mágico, siempre iluminado, que mantenía afuera, en la penumbra, las masas informes y confusas de emoción, miedo, angustia, odio, autocompasión, que hubiesen podido agitar, en la zona clara, su teatro de sombras. No había, en su capacidad de trabajo, ningún elemento estoico ni ninguna fantasía de redención, sino la facultad orgánica, que parecía natural, de olvidarse de sí mismo para concentrarse, metódico, en lo exterior. De haberlo conocido, sus colegas hubiesen podido aplicar a su persona el sarcasmo de Nietzsche a propósito de Emanuel Kant –*¡Esa existencia de araña!*–, pero lo respetaban e incluso lo apreciaban demasiado como para ser capaces de proferirla y mucho menos de pensarla realmente: retraído y afable,Morvan, aunque exigente en lo relativo a la eficacia en el trabajo, era incapaz de cualquier gesto autoritario, y si era estimado y obedecido, no lo debía ni a su preeminencia jerárquica ni a la coerción, sino a la convicción de sus subordinados acerca de su inteligencia, de su perseverancia y de su probidad. A pesar de que los que lo conocían un poco adivinaban en él un fondo seguro de desdicha, no atinaban a compadecerlo, hasta tal punto esa desdicha estaba ausente de sus relaciones con los demás, y conscientes de sus propias miserias, y aunque llevaran una existencia en apariencia más normal, a veces podían llegar a sentirse más imperfectos que él, igual que esas marionetas que son todavía más patéticas cuando se entrevén los hilos que las dirigen. Si bien por lo común era el primero en llegar al despacho especial y el último en retirarse, Morvan no parecía exigir lo mismo de sus colaboradores, y si daba por descontado que debían aportar resultados positivos, no pretendía que los obtuviesen con sus mismos métodos. Su estilo de vida era como se dice singular, pero el de los demás le era indiferente, y si, por ejemplo, su oficina estaba siempre ordenada y limpia hasta la manía a decir verdad, que en las de los otros reinara el desorden no parecía producirle ningún malestar. Practicaba una austeridad extrema, pero el vitalismo general, simulacro de filosofía, que desbordaba a su alrededor, no lo perturbaba en lo más mínimo. Incluso por contraste o por omisión era un hombre de su época y, a pesar de su singularidad, era un término medio del país que lo había producido: metódico por la educación recibida, racional y ponderado por temperamento, tolerante por conveniencia íntima, moderno por la fuerza mercantil de la sociedad que lo modelaba y a pesar de su contacto frecuente, a causa de su profesión, con los más atroces extravíos de la especie, dando por sentado que la zona clara de la existencia es el escenario principal hacia el que debe convergir, lo quiera o no, la dispersión caótica del mundo.

Tenía un cuerpo sano y vigoroso y, más por inclinación personal que obligado por su trabajo, practicaba deportes –básquet, esgrima, natación– varias horas por semana, lo que lo gratificaba de un descanso profundo y sin sobresaltos, semejante al de una formación rocosa, aunque de tanto en tanto un sueño curioso, siempre el mismo, lo visitaba, dejándolo al día siguiente ligeramente perplejo y un poco inquieto. A fuerza de repetirse casi sin ninguna variante, desde hacía muchos meses, se le había vuelto familiar y, aunque ni siquiera se trataba de una pesadilla, hubiese deseado, no sabía bien por qué, no volver a soñarlo. El sueño transcurría en una ciudad muy gris, silenciosa y envuelta en una penumbra crepuscular, omnipresente y uniforme, que, a decir verdad, no difería mucho de las ciudades reales que conocía, incluso de la ciudad llamada París en la que vivía y trabajaba, y a la que a causa de su trabajo justamente conocía como se dice como a la palma de la mano, e incluso le hubiese parecido estar en ella a no ser por muchos detalles aislados de entre los cuales, como sucede siempre en los sueños, únicamente algunos se le hacían evidentes, en tanto que los demás quedaban sumidos en la región negra y pegajosa de los presentimientos. El primero de esos detalles era el silencio: si bien se veía en la calle un poco menos de movimiento que en las ciudades conocidas, no podía decirse que la ciudad estuviese desierta, y sin embargo los coches, los colectivos, el subterráneo, la gente, comportándose casi igual que de costumbre, se movían y actuaban, tal vez de un modo casi imperceptiblemente más lento, en un extraordinario silencio. Les aseguro que no pasaba nada especial en ese sueño, que como les decía hace un momento no llegaba a ser una pesadilla, y que Morvan se paseaba sin mayores problemas por la ciudad, que para ser más exactos no era propiamente una ciudad, sino una serie de imágenes discontinuas de una ciudad, una serie de escenas animadas que Morvan parecía contemplar desde un punto de vista ubicuo y problemático que estaba dentro y fuera de ellas al mismo tiempo. La gente tampoco era muy distinta, sin ser sin embargo enteramente igual a la de la vigilia. Y en esa diferencia levísima –y este era uno de los puntos más inquietantes del sueño– pero que de todos le era extremadamente difícil llegar a precisar, a Morvan le parecía entrever los atisbos de una revelación terrible sobre la especie que poblaba las ciudades de la vigilia. Ya desde antes de su separación había empezado a tener su sueño, y cuando trataba de contárselo a Caroline, le resultaba imposible encontrarle un sentido, y como se puso a soñarlo de un modo cada vez más frecuente, lo que terminó resultándole cada vez más enigmático no fue el sueño en sí mismo, sino su repetición casi idéntica, y su impresión al despertarse no era la de haber estado en una ciudad diferente y desconocida, sino en la misma ciudad de todos los otros sueños.No se le ocurría pensar que, por su persistencia en la trama de sus sueños, esa ciudad se levantaba en algún paraje perdido de su topografía interior. A causa quizás de la luz crepuscular que borroneaba todo, o por alguna otra razón desconocida, los lugares, la arquitectura, los monumentos eran irreconocibles y algo desproporcionados, o ligeramente más grandes o ligeramente más chicos de lo que son en la vigilia, y en general, y sobre todo las estatuas que se levantaban en las plazas y en las esquinas principales, difíciles de descifrar: de una de ellas, bastante más grande que las que Morvan conocía, y que por esa razón hubiese podido interpretarse con más facilidad, era casi imposible saber lo que representaba. Hombre, animal, figura ecuestre, centauro, sátiro, bisonte, ángel o mamut, las rugosidades de la piedra y tal vez la erosión, delataban el origen arcaico del monumento y borroneaban su sentido. Lo mismo sucedía con algunos edificios de los que Morvan estaba seguro que eran templos, sin saber muy bien por qué, ya que ningún signo exterior conocido, y menos que nada las dimensiones, permitía llegar a esa conclusión: ni iglesias, ni mezquitas, ni sinagogas, ni templos griegos o romanos ni pirámides, los edificios rectos, geométricos, achatados y largos, bastante frecuentes e idénticos entre sí, consistían en un recinto rectangular precedido de un pasillo mucho más estrecho, igualmente rectangular y adosado a uno de los lados menores del primer rectángulo. Morvan deducía que la boca negra del pasillo, igualmente rectangular, en la que ni siquiera había puerta, era la entrada que conducía al rectángulo más grande, o sea el templo propiamente dicho, y por las dimensiones del edificio y de la abertura que servía de acceso, teniendo en cuenta la estatura de los habitantes de la ciudad, se adivinaba que los fieles estaban obligados a entrar y a permanecer agachados dentro del templo para no golpearse la cabeza contra el techo. Los dioses que lo poblaban habían inspirado, por soberbia quizás, o quizás para inculcar la humildad a los creyentes, esa mortificación arquitectónica. De esos dioses, a Morvan le gustaba imaginar durante la vigilia, no sin cierto patetismo deliberado que por su desenvoltura recordaba la vanidad de un artista, que eran muchos, que reptaban en la penumbra interior de los templos achatados y que, ni malignos ni benévolos, dirigían a distancia y en secreto los pensamientos y los actos de sus fieles. A decir verdad, todo lo que Morvan veía en sus sueños, sin ser especialmente horrible, le producía menos inquietud que una repulsión vaga y persistente. La porción de inquietud propiamente dicha provenía de cosas que no eran de por sí inquietantes, como el silencio desmedido o su incapacidad de precisar en lo que veía el sentido de las diferencias con las cosas de la vigilia, y debo señalar una vez más que a pesar de una ligerísima distorsión y de ciertos problemas de legibilidad de ese mundo sumergido en la penumbra crepuscular, ningún elemento de ese sueño era particularmente extraordinario. Un solo detalle en esa ciudad sombría le parecía absurdo, por no decir grotesco, y en el transcurso del sueño le inspiraba una indignación sarcástica, sin que su atrocidad implícita dejara de sentirse vagamente como una amenaza. Las efigies que adornaban los billetes de banco, en vez de ser retratos de personas ilustres, representaban monstruos de la mitología: Escila y Caribdis en los billetes más chicos, Gorgona en los medianos y Quimera en los más grandes. Los dibujos que las representaban en el interior de unos óvalos hechos de guirnaldas entrelazadas –como si quisiera rendírseles un homenaje delicado– estaban impresos con una gran precisión de detalles y Morvan, al hacer deslizar los billetes en su mano para contemplarlos, se preguntaba si tanta delicadeza con esos seres espantosos no indicaba que esos podrían ser los dioses que los habitantes de la ciudad iban a adorar, agachados y a oscuras, en la estrechez deliberada de los templos. Existía una incongruencia evidente entre el detallismo feroz de los dibujos y el ornamento un poco cursi de las guirnaldas en óvalo. En el sueño, Morvan se decía que esa estética primaria, destinada a exaltar los monstruos que tal vez los obligaban a humillarse, revelaba en los habitantes de la ciudad una mentalidad rudimentaria y, sin saber muy bien por qué, cargada de amenazas. Tal vez su aprensión venía, no de los elementos extraños que diferenciaban al sueño de la vigilia, sino de las semejanzas entre los dos, lo que arrojaba una luz inesperada sobre las diferencias que parecían poner al descubierto, de manera indirecta, aspectos insospechados de la vigilia. Lo cierto es que, cuando se despertaba de ese sueño único, que soñaba con frecuencia y se repetía casi sin variantes, Morvan pasaba el día entero en un estado particular, y una distorsión ligera, hecha no sabía bien si de distancia o de proximidad, modificaba su relación con las cosas. Únicamente la noche siguiente, en la que, macizo como su propia efigie de piedra, dormía de un tirón sin soñar nada, borraba la extrañeza atenuada de la víspera, y la mañana lo encontraba de nuevo fresco y decidido, impermeable a la vez al entusiasmo y a la aflicción.

Desde hacía más o menos un año, ese estado de ánimo neutro le era más que necesario. Ya me han venido oyendo relatar sus catástrofes personales; en el plano de su profesión, las turbulencias no eran menos bravas. En los últimos nueve meses, la sombra empecinada en golpear, venía, saliendo regularmente del desván en el que dormitaba, movida por una absurda pulsión repetitiva y, con minucia maniática, tanto los detalles de su puesta en escena eran idénticos cada vez, actualizaba como se dice sus desvaríos, dejando un tendal de exterminio, de extravagancia y de sangre.

En la luz turbia del anochecer, alguien, algo tal vez habría que llamarlo, hombre o lo que fuese, mimetizándose con los últimos estremecimientos humanos del día que llegaba a su fin –para recomenzar unas horas más tarde sin razón conocida con las primeras luces del alba– salía a cazar si podemos llamarlo así, y aunque parezca increíble a causa de su saña y de la forma perfeccionista y rebuscada de los crímenes que cometía, desprotegidas y frágiles viejecitas. La tarde de invierno en que Morvan estaba parado cerca de la ventana de su oficina en el despacho especial, de vuelta del almuerzo, mirando a través de las ramas peladas de los plátanos el cielo blanco que anunciaba nieve, ya lo había hecho –les avisé que se agarraran bien– veintisiete veces.

El hombre solitario que cometía esos crímenes chapaleaba sin la menor duda en el fango de la demencia, pero para su realización práctica era capaz de desplegar las sutilezas más variadas de la astucia, de la psicología y de la lógica, sin abstenerse de observar una pericia exacta en su manipulación del plano material, como lo probaba la ausencia total de pruebas que podía verificarse de sus crímenes y de sus desplazamientos. La tentación clásica de desafiar a la policía, común en muchos delincuentes megalómanos, parecía implícita en su modo de actuar; y después de la instalación del despacho especial en el bulevar Voltaire, su radio de acción como se dice se había ido acortando, de modo tal que la circunferencia imaginaria en el interior de la cual cometía sus crímenes, se estrechaba un poco más alrededor del despacho, a tal punto que el último, el número veintisiete, la semana anterior, lo había cometido con su destreza ya legendaria y su impunidad habitual a muy pocas cuadras de la oficina. Esos lugares comunes –mezcla de demencia y de lógica, gusto megalómano del riesgo, insistencia dramatúrgica y topográfica– no los atribuyan por favor a la banalidad de mi relato, sino a la del mecanismo oscuro que, ceñido hasta el ahogo en su camisa de acero, se ve obligado, por razones que probablemente a él mismo se le escapan, a aplicar una y otra vez las mismas recetas sobadas de folletín en su programa insensato de aniquilación.

Como decía, los primeros crímenes habían sido cometidos en los *arrondissements* décimo y undécimo, pero las dieciocho últimas víctimas habían vivido todas en el undécimo. Para facilitar las cosas, los altos jefes de la Brigada Criminal –y por supuesto también del Ministerio del Interior– habían decidido instalar el despacho especial en el bulevar Voltaire, bajo la dirección de Morvan, que tenía a su disposición un experto en informática, dos secretarias, seis agentes uniformados, y tres policías de civil, los inspectores Combes y Juin, y el comisario Lautret. Igual que una comisaría, el despacho especial funcionaba las veinticuatro horas del día, y en el departamento espacioso cedido por la municipalidad, había incluso un par de habitaciones que podían servir de dormitorios y una cocina en la que también estaba instalada la sala de prensa. La comisaría de enfrente, que funcionaba en un anexo de la municipalidad, suministraba al resto del personal subalterno –agentes, pesquisas, mensajeros, ordenanzas, asistentes– algunos vehículos grandes como ambulancias o celulares y material logístico común, destinado sobre todo a los operativos urgentes. Morvan dirigía, por lo tanto, un grupo de investigadores, que podríamos llamar de largo aliento, y un comando de intervención rápida, y al mismo tiempo estaba en contacto permanente con una red de juristas, soplones, políticos, psiquiatras, asistentes sociales, médicos, asociaciones familiares, comisiones de vecinos y periodistas. Su gusto por la soledad sufría un poco en ese tumulto, de modo que acostumbraba a delegar la parte más visible del trabajo en el comisario Lautret, que como corolario había alcanzado cierta notoriedad gracias a sus declaraciones a la prensa y a sus apariciones frecuentes en la televisión. Sería imposible concebir como se dice dos personas más diferentes –ya les hablaré de esto más adelante– y sin embargo Morvan depositaba una confianza total en Lautret, que era, a decir verdad, desde hacía muchos años, su mejor amigo. Pero no quiero anticiparme. Por ahora, lo que hay que saber es que el dispositivo imaginado por la Brigada Criminal, probablemente el más moderno del continente y el que mejor se adaptaba a las circunstancias, no había dado, en los meses que llevaba funcionando, ningún resultado. Los cinco o seis sospechosos arrestados, un poco a ciegas a decir verdad, habían sido liberados inmediatamente después del interrogatorio. Las denuncias, anónimas en su mayor parte, se revelaban, en el momento de las verificaciones, erróneas o calumniosas. Las llamadas telefónicas que se hacían al día siguiente de cada crimen con la intención de reivindicarlo provenían de desequilibrados, de provocadores o de bromistas. Y los dos o tres muchachos pálidos que habían probablemente leído demasiado a Dostoyevski, y que se constituyeron espontáneamente en detenidos, no obtuvieron como castigo a sus crímenes imaginarios más que unos días de observación en el Hospital Psiquiátrico. Demás está decir que la prensa, la radio, la televisión e incluso el cine –dos películas se rodaron precipitadamente sobre el tema, una después del duodécimo y otra después del vigésimo crimen–, para no hablar de la literatura, ensayística pero también aunque parezca mentira de ficción, magnificaban el efecto ya de por sí espectacular de los acontecimientos. El comisario Lautret, más sociable por temperamento que Morvan, y también más flexible según la opinión de casi todo el mundo desde el punto de vista moral, en tanto que portavoz del despacho, ya era una figura familiar para los telespectadores del país, y aun del continente. Su relativismo, adquirido gracias a los métodos un poco turbios de la Mondaine, en la que había empezado su carrera, a lo que habría que agregar un físico de policía más cinematográfico que real –era jugador, mujeriego, y no desdeñaba ni el alcohol ni, de tanto en tanto, según dicen, para superar la fatiga, una pizca de cocaína– lo volvían simpático para el público, que absorbía con placer evidente sus comunicados pasando por alto, con la más amable predisposición hacia su persona, que sus frases precisas, llenas de tecnicismos jurídicos, psiquiátricos y policiales y mechadas aquí y allá de consideraciones humanas y de consignas paternalistas de seguridad, decían en el fondo que, después de meses de gastar tiempo, fuerzas y dinero, no se había obtenido el más mínimo resultado. Bien al abrigo en los anochecеres de invierno, en los departamentos calefaccionados contra los vidrios de cuyas ventanas venían a golpear inútilmente los copos de nieve o los puñados de lluvia helada, los que en otras épocas habían nacido para ser personas y ahora se habían transformado en meros compradores, en unidad de medida de los sistemas transnacionales de crédito, en fracciones de los puntos de audiencia de la televisión y en blanco sociológica y numéricamente caracterizados de las tandas publicitarias, absorbían, entre dos cucharadas de alimentos descongelados en el horno a microondas, con alivio injustificado y credulidad inagotable, los comunicados pregrabados que la imagen fantomática del comisario Lautret daba la impresión ilusoria de murmurar al oído de cada uno desde las pantallas magnéticas y siempre al borde de la desintegración de los televisores. Como todos los notables de su época, Lautret sabía por otra parte que la inmensa mayoría de los habitantes de ese continente, y también sin duda de los restantes, confunde el mundo con un archipiélago de representaciones electrónicas y verbales de modo que, pase lo que pase, si es que todavía pasa algo, en lo que antes se llamaba vida real, basta saber lo que se debe decir en el plano artificial de las representaciones para que todos queden más o menos satisfechos y con la sensación de haber participado en las deliberaciones que cambiarán el curso de los acontecimientos. A pesar de su relativismo, de su temperamento excesivamente vivaz –había visto tal vez demasiadas películas policiales, calcando su comportamiento sobre modelos demasiado arquetípicos, de modo que tenía aires demasiado vistosos de policía, el paso demasiado decidido cuando entraba en algún lugar y la bofetada demasiado pronta en los interrogatorios–, a pesar también de sus manejos un poco turbios durante su período en la Mondaine, cuya regla de oro no escrita exige que para obtener el máximo de eficacia policías y delincuentes se comporten más o menos de la misma manera, Lautret no carecía ni de perspicacia ni de exactitud en sus razonamientos, y aunque a veces lo disimulaba con sutilezas retóricas, era capaz de distinguir con claridad el bien y el mal. Si a veces ignoraba en forma ostentosa los matices, era tal vez porque, a través de una vía indirecta, quería inducir a los otros a que pensaran de él que esa ignorancia aparente tenía como fin deliberado obtener con métodos más expeditivos lo que la puntillosidad de Morvan tardaba a veces en cosechar. En tanto que policías, algo sin embargo tenían en común: los años que llevaban en la Brigada Criminal, los había acostumbrado a aplicar, de un modo más o menos instintivo, una escala jerárquica en el crimen, que les hacía desdeñar y ni siquiera tener en cuenta en tanto que tales a los criminales pequeños y medianos, para abocarse de un modo exclusivo a los grandes, con un interés tal vez excesivo que muchos atribuían al rigor profesional y unos pocos, posiblemente más perspicaces, a la fascinación.

Por habituados que estuviesen a los grandes criminales, el que buscaban ahora, después de tantos meses, no parecía tener, ni siquiera para ellos, expertos entre los expertos, ni referencias ni nombre. En lo que iba del siglo, ningún particular había matado tanto, ni con tanto estilo propio, ni con tanta perseverancia, ni con tanta crueldad. Su instrumento era el cuchillo que manejaba, no con la habilidad sutil del cirujano, sino más bien –*horresco referens*– con la brutalidad expeditiva del carnicero. Que únicamente se ocupara de ancianas indefensas y solas lo volvía todavía más repulsivo, y la gratitud de sus masacres –los bienes de las víctimas quedaban casi sin excepción intactos– revelaba de por sí, mientras que los detalles la ahondaban hasta lo insondable, turbadora, la demencia. Pero, como creo haberles dicho, la astucia y la razón no parecían faltarle en ningún momento y no quedaba, de su paso por los departamentitos mancillados de desvarío y de sangre, ni un solo indicio que pudiese servir para identificarlo. El hombre o lo que fuese desaparecía detrás de sus actos, como si la perfección que había alcanzado en el horror le hubiese dado el tamaño del demiurgo que únicamente existe en los universos que crea. En su trato debía ser persuasivo y seguramente amable, bien vestido y bien educado, porque de otro modo no podía explicarse que inspirara todavía confianza en las viejecitas que seguían permitiéndole entrar en los departamentos a pesar de la alerta general que se había propagado en la ciudad, y sobre todo en el barrio, después de los primeros crímenes. Desde ese punto de vista, las consignas de las autoridades no habían dado ningún resultado y eso que, cada vez que Lautret o algún otro aparecían por televisión –y la cadencia en que se sucedían los crímenes era casi una vez por semana– serios hasta la severidad, y a veces hasta la súplica, elocuentes, las repetían. A causa de la facilidad con que entraba y salía de los departamentos, por decir así a la vista de todo el mundo, sin que de un modo paradójico nadie reparase en él, empezaron a volverse sospechosos los enfermeros, que ponían inyecciones cotidianas, los repartidores de supermercados, que entregaban los pedidos al final de la tarde, dos o tres médicos clínicos que hacían visitas a domicilio y hasta un par de gigolós, fichados en la policía por tener la costumbre de vender sus encantos a señoras mayores y gastarse los beneficios con proxenetas de su propio sexo y de aproximadamente su misma edad. Un vendedor de enciclopedias que iba de puerta en puerta y que hacía firmar contratos un poco a la ligera, envolviendo con argumentos versátiles y vidriosos la ideación ya un poco lenta de las damas, con el fin de hacerles comprar "*la más inteligente síntesis del saber contemporáneo en veinticuatro volúmenes*" según *Le monde*, se hizo demorar durante varias horas en el despacho especial, y no recobró la libertad antes de poder llevarse como recuerdo un par de bofetadas y las amenazas del comisario Lautret por la singularidad de sus métodos comerciales. La última víctima de ese estado de sospecha generalizada fue un recaudador de impuestos que, para combatir el fraude, tenía como misión llegar por sorpresa a la casa de la gente, a la hora de la cena, y verificar si tenían un televisor y si habían pagado la tasa fiscal correspondiente. Pero su interrogatorio no dio ningún resultado: que el hombre tenía una idea fija no cabía la menor duda, pero no eran las viejecitas sino el fraude impositivo. En el despacho especial, las hipótesis se erigían, se mantenían en equilibrio precario durante cierto tiempo, y después se desmoronaban.

Las ancianas parecían recibir a su verdugo con la más franca hospitalidad. En no pocos casos, una botella de licor y dos copitas vacías atestiguaban la conversación plácida que había precedido a la masacre. El clima de confianza entre el cazador y su presa lo revelaba el hecho de que el cuchillo era siempre de la casa, y muchos indicios observados en varios casos parecían indicar que eran las víctimas mismas quienes, con la más grande simplicidad, iban a la cocina a buscar el utensilio para presentárselo al carnicero. A veces, el asesino no se abstenía de emplear la tortura y, para apagar los gritos, le bastaba clausurar la boca de las ancianas con un pedazo de tela adhesiva o con una mordaza. Las desnudaba y las tajeaba con un cuchillo mientras estaban todavía vivas, como lo probaban la sangre abundante que había manado de las heridas y los moretones que dejaban los golpes. En algunas ocasiones, las víctimas lo habían invitado a comer; la botella de burdeos a medio vaciar que quedaba sobre la mesa era él probablemente quien la había llevado, y para darle las gracias a las dueñas de casa por el momento agradable que había pasado, después de haberlas degollado o decapitado, les arrancaba los ojos o las orejas o los senos y los dejaba bien acomodados en un platito sobre la mesa. Las violaciones y sodomizaciones no siempre eran postmortem, y todo parecía indicar que en ciertos casos en que se habían encontrado rastros de esperma en las cavidades vaginales y bucales, las víctimas habían cedido de buena gana, antes de la catástrofe, a los encantos viriles del visitante. Había un elemento escandaloso y chocante en la manera en que ese hombre que seguramente vivía en el barrio, era capaz de salir lo más tranquilo de su casa, perpetrar esos crímenes –a veces hasta tres en una semana, e incluso una vez dos en una misma noche de pesadilla– y después de haberse evaporado como se dice sin dejar rastro, reabsorberse otra vez en la sombra sin límites, de la que, de tanto en tanto, movido por su delirio iterativo, sanguinario, se despegaba. La hipótesis de que hubiese más de un asesino, o de que el carnicero actuase con un cómplice, era inimaginable por dos razones, la primera de orden psicológico y, en el sentido más amplio de la palabra, estético, porque era fácil percibir el toque personal en los veintisiete crímenes, y la segunda, que para Morvan era la más importante, de orden moral, porque era imposible que dos cómplices, después de perpetrar semejantes crímenes, pudiesen seguir mirándose a la cara y llevar una existencia normal el resto del día. El sol y la muerte, dicen, nadie puede mirarlos de frente, pero a la distorsión sin nombre que pulula en el reverso mismo de lo claro, agitándose confusa como en los planos sin fondo y cada vez más sombríos de un espejo apagado y móvil, todo el mundo prefiere ignorarla, dejándose mecer por la apariencia espesa y brillante de las cosas que, por carecer de una nomenclatura más sutil, seguimos llamando reales.

Tendrían que haber estado allá y vivir en ese barrio como yo para darse cuenta del clima que reinaba como se dice en esos meses: cualquier hombre de edad mediana podía ser interceptado en la calle por la policía, que estaba de un modo constante en estado de alerta, y que a pesar de eso no obtenía ningún resultado. Combinadas, la astucia y la demencia, en la proximidad y casi con la complicidad por cierto involuntaria de todos, y en especial la de las propias víctimas, parecían inaccesibles a la lógica, a las técnicas de investigación policial, al error y al castigo. La red de policías que Morvan desplegaba en la ciudad cada anochecer, era recogida a la mañana siguiente, desalentadoramente vacía. Como aparte del esperma o de algún cabello –que habían sido analizados en los laboratorios hasta el cansancio, pero que no servían de nada porque no había nada con qué compararlos– ningún indicio material quedaba después de sus masacres, el hombre que Morvan y toda la policía de la ciudad buscaban, era menos una persona humana que una imagen sintética, ideal, constituida exclusivamente de rasgos especulativos, sin que entrara en su composición un solo elemento empírico. Todo el mundo estaba más o menos de acuerdo con la tesis de Morvan, según la cual se trataba de un hombre en la plenitud de su desarrollo, entre treinta y cinco y cuarenta y cinco años, que debía practicar algún deporte porque su fuerza física era más que considerable, y que probablemente llevaba una existencia solitaria, ya que de otro modo sus escapadas nocturnas hubiesen debido despertar las sospechas de sus allegados en razón de que coincidían todas con los crímenes al cabo de veintisiete, amigos y familiares no hubiesen podido abstenerse de establecer una relación. La plenitud física la demostraban ciertas verificaciones hechas en los laboratorios, en el sentido de que algunas veces la cantidad de esperma y los puntos de eyaculación probaban de un modo inequívoco que en pocas horas había tenido varios orgasmos consecutivos, y en cuanto a la fuerza, sus hazañas con el cuchillo delataban los músculos y el corte certero del matarife, que no únicamente apuñala, sino que también degüella, decapita, corta, abre, separa, despedaza. Aunque todo acto de violencia, por mínimo que sea, es ya una manifestación de locura, la de ese hombre, o lo que fuese, se ponía en evidencia, no en su gusto por el asesinato, y ni siquiera por su tendencia a reproducirlo al infinito, sino por los detalles con los que, por decirlo de algún modo, lo decoraba. Al odio, el crimen le basta, de modo que el ritual privado que desplegaba estaba más allá del odio, en un mundo contiguo al de las apariencias en el que cada acto, cada objeto y cada detalle, ocupaba el lugar exacto que le acordaba en el conjunto la lógica del delirio, únicamente válida para el que había elaborado el sistema, e intraducible a cualquier idioma conocido. Ya hemos visto cómo la buena presencia y la seducción, el aspecto de persona agradable y honesta en una palabra, se desprendían con facilidad del hecho de que sus propias víctimas le abrían la puerta, le servían una copita de licor o una cena y después iban a la cocina ellas mismas a traerle el cuchillo con el que se disponía a degollarlas. Algunas incluso estaban sin la menor duda posible vivas según los laboratorios cuando habían cedido a sus asedios sexuales. Que era del barrio podía comprobarse siguiendo en un plano su itinerario, ya que como decía después de los primeros crímenes descubiertos en el décimo *arrondissement*, todos los demás habían sido cometidos en el undécimo, en un espacio cada vez más restringido, en las inmediaciones de la municipalidad y de la plaza León Blum, lo que hacía suponer que la proximidad de sus víctimas le permitía satisfacer la urgencia homicida que lo sacaba de su cueva oscura y que, sobre lo primero que encontrara a su alcance y que correspondiese al modelo insensato que se había forjado, caía con su saña habitual, convirtiéndose para las viejecitas del barrio, por ese azar que presidía el encuentro de la pulsión y de su objeto, en algo semejante a la energía imparcial y neutra del destino.

Morvan llevaba un archivo doble y, de cada nuevo elemento que se agregaba, hacía una fotocopia para completar el ejemplar que guardaba en su casa y que, cuando no dormía en el despacho, tenía la costumbre de estudiar, hasta la madrugada a veces, y a veces también durante el día entero cuando estaba de descanso. Desde hacía meses, no ocupaba un solo minuto de la vigilia a otra cosa que no fuese la sombra extrañamente cercana y sin embargo inasible que salía, en el anochecer, vertiginosa y metódica, a golpear. Parado cerca de la ventana, en la tarde de diciembre, de vuelta del restaurante, miraba, con cierta ansiedad, el día gris que declinaba rápido, a través de los vidrios helados de su oficina y de las ramas peladas y lustrosas de los plátanos, en un aire cada vez más oscuro, a pesar de las luces eléctricas de los negocios encendidas desde la mañana y del cielo blanco que anunciaba como se dice nieve inminente y que, de un modo paradójico, parecía acentuar, a poca altura, la oscuridad del aire. Como ya lo ha hecho tantas veces, se decía Morvan, cuando llegue la noche saldrá tal vez sin apurarse de su penumbra informe y densa, merodeando por las calles casi desiertas, en las inmediaciones de la plaza, buscará con expresión indolente y ordinaria su nueva presa, abordándola de un modo tan natural y familiar que, en estos tiempos de amenaza, la anciana verá en él, no un peligro, sino una protección inesperada, viril y cálida, hasta tal punto que, para no privarse demasiado pronto de su compañía, lo hará entrar en su departamento, instalándolo en un sillón y sirviéndole una copita de licor e incluso una buena cena. En un determinado momento él, con un pretexto cualquiera, pidiendo permiso para ir al baño por ejemplo, se desnudará enteramente para no mancharse de sangre, en el cuarto de baño o en el dormitorio, plegando con cuidado su ropa, para poder salir más tarde impecable a la calle, y después, habiendo previamente pasado por la cocina, volverá desnudo al living o al comedor, con el cuchillo en la mano, dispuesto a comenzar su faena. Durante un buen rato trabajará el cuerpo inerme abandonado al cuchillo o al serrucho. Puede separar el tronco de la cabeza, o amputar los miembros, o los senos, o las orejas, o arrancar los ojos y acomodarlos con cuidado en un platito sobre la mesa o sobre alguna repisa, o, comenzando desde el bajo vientre, abrir la parte delantera del cuerpo desde el pubis hasta las costillas, sacando los órganos afuera y poniéndose después a separarlos y desplegarlos, hurgándolos con la punta del cuchillo o con los dedos enguantados, igual que si buscase entre los tejidos enigmáticos y todavía calientes, la explicación perdida de un secreto o la causa primera de alguna inmensa fantasmagoría.

Cuando se cansara de escarbar y de actualizar en la materia bien real sus sueños insensatos, dejará caer el cuchillo, se dará una ducha y se volverá a vestir, estudiando con ojo experto hasta el último rincón del departamento para no dejar un solo indicio de su paso. Después, deteniéndose un momento cerca de la entrada, dándose vuelta o quizás, de un modo fugaz, por encima del hombro, echará una última ojeada al departamento, ya ni siquiera por precaución, sino más bien con extrañeza, o con indiferencia quizás, o quizás ni aun sin ver los estragos que quedan de su paso, como si todo hubiese ocurrido en un universo contiguo al de las apariencias, al que ni la voluntad, ni la causalidad, ni la razón, ni el espacio, ni el tiempo, ni los sentidos tienen acceso. Recién entonces, limpio, bien peinado, correctamente vestido, después de haber atravesado con tranquilidad y sin apuro el umbral, cerrará con llave y sin hacer ruido la puerta desde el exterior, y, de nuevo idéntico por fuera a cualquiera de nosotros, se guardará la llave en el bolsillo.

—Si está bien fría, tiene que doler acá cuando uno la toma —dice Tomatis, apretándose las sienes con el pulgar y el medio de la mano derecha, y manteniendo desplegado el resto de los dedos de la siguiente manera: el índice estirado en diagonal hacia arriba, como si estuviera disponiéndose a señalar un acontecimiento inminente que va a llegar desde lo alto, y el anular y el meñique, ligeramente encogidos ante el ojo izquierdo, cubriéndolo un poco y apuntando, contradictorios, hacia abajo.

Pichón, que acaba de hacer silencio para permitirle al mozo depositar los tres primeros lisos de la noche sobre la mesa, lanza hacia Tomatis una mirada discreta, al mismo tiempo perpleja y escéptica: perpleja porque esa declaración acerca de la temperatura apropiada de la cerveza en medio de la historia que él, Pichón, viene refiriendo, denotaría, por parte de Tomatis, una especie de insensibilidad ante su relato, y escéptica porque la declaración propiamente dicha, que Tomatis ha proferido con la certidumbre distraída con que se enuncian los postulados, le parece una afirmación puramente subjetiva. Un tercer elemento refuerza su perplejidad: el estatuto, un poco folklórico, de capital nacional de la cerveza, venida a menos a decir verdad en los últimos tiempos, de que suele enorgullecerse la ciudad, parece encontrar en Tomatis un cultor inesperado y Pichón, con ligera alarma, se pregunta si Tomatis, después de tantos años de separación, por haber permanecido casi sin moverse de la ciudad, no se ha dejado contaminar por cierto etnocentrismo provinciano, y ya está por desilusionarse cuando, después de tomar un largo trago, dejando con satisfacción paradójica su vaso casi vacío sobre la mesa, Tomatis comenta con una sonrisa malévola:

—Ha sido siempre la cerveza más mala y más fría del mundo occidental.

—No exageres —dice Pichón, aliviado y complacido.

El tercer comensal, un poco intimidado por el aura parisina de Pichón, pero evidentemente encantado de participar en la cena, sonríe con timidez detrás de su barba renegrida en la que, alrededor de la boca, han quedado enredadas, después de su primer trago de cerveza, algunas manchas de espuma blanca. Tomatis se lo ha presentado a Pichón un par de semanas atrás con las siguientes palabras: *Marcelo Soldi. Pinocho para los amigos. El hijo de ricos que, a los veintisiete años, más sabe de literatura en todo el territorio de la república.* Sin ignorar el tono irónico de la presentación, los presentados han tenido los dos sus propios motivos para sentirse satisfechos. En primer lugar, el hecho de conocerse por medio de Tomatis les parece ya una garantía de que llegarán a entenderse y a pasar algunos buenos momentos de conversación en las semanas de estadía que todavía le quedan a Pichón en la ciudad. Y, por otra parte, el interés común por el famoso dactilograma anónimo descubierto entre los papeles de Washington, los 815 folios a máquina de la novela histórica *En las tiendas griegas*, supone según ellos una razón más que suficiente para que la presentación haya sido necesaria. Un par de elementos prácticos se agregan a los factores específicamente hedónicos y mundanos: Soldi, a quien no le disgustaría ir a pasar un par de años en Europa –a pesar de los comentarios zumbones de Tomatis– no rechazaría en principio, si la oportunidad se presentara, la mediación de Pichón para alcanzar su objetivo; y Pichón, por su parte, informado por Tomatis de que Soldi, gracias a la confianza benévola de su padre, tiene para cuando lo desea no únicamente un coche sino también una lancha a su disposición, ha esperado poder aprovecharlos de tanto en tanto, si Soldi se lo propusiera, para explorar por agua o por tierra, durante las semanas que le quedan, algunos lugares, aunque un poco a trasmano, o quizás por esa misma razón, ya casi legendarios para él después de tantos años de ausencia, de su región natal.

Aunque es ya el veintiséis de marzo, está haciendo todavía muchísimo calor. Demorándose, el verano parece haberse también intensificado, a causa de la acumulación constante de temperatura que viene de semanas y semanas. Es un calor húmedo, un poco embrutecedor. No hace falta cansarse para sentir el cerebro febril y como apelmazado; ya desde el despertar, en el alba caliente y sudorosa, después de algunas horas de mal sueño, un letargo diurno se instala en la vigilia enturbiando, con su vaho grisáceo, la transparencia móvil y tenue de la mente.

Pichón, que ha elegido el mes de marzo para viajar, con la intención justamente de evitar el pleno verano sin privarse de aprovechar sus últimos días, soporta con un ligero pánico y una satisfacción secreta y contradictoria, las semanas ardientes que se suceden. La aprensión supersticiosa de no resistir físicamente tanto calor alterna en él con una especie de orgullo telúrico –semejante al que ha temido percibir hace unos minutos en Tomatis respecto de la cerveza– igualmente inconfesado y pueril. Las cifras máximas de temperatura y de humedad, la turbulencia fluida del cielo azul a mediodía y los pastos calcinados, le parecen confirmar su creencia indolente y un poco infantil, ya algo borrosa después de tantos años en el extranjero, de que proviene de un lugar único cuyos rasgos definidos e inalterables coinciden al milímetro, a pesar y aun a través del tiempo y la distancia, con los mitos que, poco a poco y sin proponérselo, ha ido forjándose a partir de ellos.

Los movimientos más banales le cuestan un esfuerzo increíble. Únicamente a la mañana, cuando se despierta, la conciencia de estar de vuelta en la ciudad le produce una euforia pasajera que lo induce a saltar de la cama, pero ya cuando está preparando el mate la volición flotante y blanda reaparece para instalarse a lo largo del día, y recién con las primeras copas de la noche se atenúa. Héctor, que está otra vez de gira por Europa, le ha dejado su taller para que se instale en él, el gran galpón blanco y confortable, fresco y ascético, semejante a las monocromías geométricas de su propietario, de las que Pichón siempre sospechó que al viejo amigo que las pinta con probidad exacta y meticulosa le han servido de muralla para ponerle un freno, probablemente ilusorio, a la vez al caos que hormiguea adentro y al que se agita, igualmente infinito y disperso, en el exterior.

Bastante retirado del centro, el taller le facilita largas caminatas, pero la luz cruel que estimula, insensiblemente, impresiones de perdición e incluso de delirio, no le deja más que la mañana temprano, el atardecer y la noche, para andar por las calles que le han sido en otras épocas tan familiares, y que, sin embargo, ahora recobra, a pesar del encanto intermitente, con un poco de extrañeza. Al decidir el viaje en París, varios meses atrás, los objetivos prácticos –la venta de los pocos bienes familiares, único lazo con la ciudad aparte de dos o tres amigos, después de la desaparición del Gato y de la muerte reciente de su madre– le permitían disfrazar la nostalgia y la impaciencia, y durante la semana anterior al vuelo únicamente el vino lo ayudaba a adormecer la ansiedad, pero después de las horas irreales en el avión, ya con los primeros paseos por Buenos Aires, una especie de atonía, por no decir de indiferencia, se apoderó de él: una ausencia de emociones previstas, tal vez demasiado esperadas, que lo hace percibir a la gente, a los lugares y a las cosas, con el desapego de un turista forzado. Es cierto que no ha viajado solo: su hijo mayor, un adolescente de quince años, lo acompaña, y la sensación constante de novedad que le atribuye empobrece sus propias sensaciones. Como si fuesen complementarias, sus experiencias se modifican, mutuas, y, a causa tal vez del carácter contradictorio respecto de la del otro que posee cada una, al entrar en contacto, o al mezclarse, igual que el vino y el agua, recíprocas, se atenúan. A los pocos días de instalados, Pichón ha podido observar una permutación curiosa, ya que es su hijo el que parece haberse adaptado con mayor plasticidad a las circunstancias, el que domina mejor las posibilidades de aprovechar la estadía en la ciudad, en tanto que él que ha nacido en ella y ha pasado en ella la mayor parte de su vida, la considera con la mirada fragmentaria y vacilante de un forastero. Al hijo el tiempo no parece alcanzarle para cumplir, en compañía de Alicia, la hija de Tomatis, que tiene su misma edad, con todas las actividades que se le presentan, natación, bailes, paseos, fiestas, viajes al campo, sin contar con las muchas horas de sueño profundo de las que parece salir fresco y decidido, en tanto que para el padre, a pesar de los muchos reencuentros y de las muchas novedades, las semanas son un flujo ardiente, inacabable y trabajoso. En el remolino lento del día, no parece existir la dimensión del tiempo: el mundo es como una masa pegajosa en desenvolvimiento imperceptible, y el ser atrapado en la gelatina incolora no solamente no se debate, sino que parece aceptar, como sola opción posible, gradual, el hundimiento.

En los primeros días del reencuentro, Tomatis lo ha estudiado con discreción, pero también con minucia. Aunque había estado llamándolo por teléfono desde París para ir precisando los detalles desde que el viaje fue decidido,

Pichón lo llamó desde Buenos Aires prácticamente al bajar del avión, anunciándole su llegada a la ciudad para tres días más tarde, y fue Tomatis quien le aconsejó la compañía y el horario de colectivos que les convenía tomar, de modo que un atardecer caluroso –todavía era verano–, en los primeros días del mes, Tomatis, haciendo tintinear con dedos nerviosos en su bolsillo las llaves del taller que Héctor le había confiado antes de irse para Europa, los esperaba, acompañado de Alicia, en el andén número veintinueve de la Terminal de Ómnibus. Cuando Pichón apareció en la puerta del colectivo –hacía años que no se veían–, cruzaron una sonrisa rápida, casi secreta, más visible en los ojos que en la boca, y en la que, igual que en la oscuridad cerrada un relámpago permite ver durante una fracción de segundo, imprimiéndolo por unos segundos más en la retina y para siempre en la memoria, un paisaje hasta ese momento enterrado en la negrura, los dos vieron desfilar, en una especie de representación común y en una intimidad que prescindía de palabras, no únicamente lo que cada uno sabía de sí mismo, sino también lo que sabía o imaginaba o presentía del otro, eso que, a pesar del tiempo y de la distancia y de lo que no había podido tener cabida en cartas y en llamadas telefónicas, podría llamarse los días, las semanas o los años dilapidados, los afectos perdidos, la lucha ciega y solitaria, el desgano y la dicha, la exaltación y el fracaso, las risas francas y luminosas y el sabor de las lágrimas amargas.

En su tentativa intermitente y discreta de auscultarlo, con una mezcla de curiosidad y de solicitud, Tomatis no ha logrado obtener gran cosa, y al cabo de algunos encuentros –se han venido viendo casi todos los días– el interés inmediato de los temas que abordan, la vivacidad de las noticias que intercambian y el placer intrínseco de la conversación, además de la rapidez con que han restablecido los viejos hábitos, los han hecho desinteresarse de lo que pudiera haber detrás de la mirada imperturbable y clara de Pichón, de sus frases lentas y elaboradas, de sus risas medidas y pensativas y de sus pausas, cortas o interminables, que no revelan, del interior supuestamente misterioso y sin fondo, nada en particular. En cierto sentido, ha terminado por decidir Tomatis, es una forma de cortesía, y le parece, o al menos lo desea, que Pichón piensa y siempre ha pensado algo semejante de su propio comportamiento, el de Tomatis, que, para no abrumar al interlocutor con quejas, confidencias o argumentos demasiado penosos, adopta una indolencia mundana y dicharachera.

Sin habérselo propuesto, y sin siquiera consultarse mutuamente, han resuelto, casi por instinto, tomar las cosas como vienen, una a una en la sucesión tal vez ilusoria en la que se presentan, sopesarlas con atención desapasionada, y dejarlas después seguir como quien dice su camino. A esta altura de sus vidas, y del modo más inesperado, el presente les da la impresión de ser el mejor de los mundos posibles. La juventud les parece haber quedado en una zona arcaica y fabulosa, más lejana e improbable que la dimensión en la que levitaban, en otros tiempos, livianos y sumarios, los dioses, un limbo concluido, brillante, inaccesible a la experiencia pero también a la memoria, y a pesar de eso, y aunque cada minuto que viven los aproxima, como jugando, a la nada, en la cual desaparecerá todo lo vivido, lo pensado y lo recordado, desde la idea de universo, hasta la más inconcebiblemente diminuta de las partículas, pasando por todas las variaciones intermedias que existen entre las dos, y en particular en esta noche calurosa de fin de marzo, dan la impresión de ser macizos, sólidos y despreocupados, indolentes y sanos, concentrados en lo inmediato como el cirujano en una operación delicada, el atleta en el salto que se dispone a dar, o el sibarita en un sorbo de vino fresco.

Soldi –Pinocho para los amigos, como ha dicho Tomatis en el momento de la presentación– los viene a su vez observando en los últimos quince días. Desde un par de años atrás, cuando se acercó por primera vez a Tomatis, lo oye hablar con frecuencia de los mellizos Garay, uno de los cuales desapareció hace unos ocho años, sin dejar rastro como se dice, y el otro vive en París desde hace más de veinte. Según Tomatis, eran tan idénticos que la gente los confundía todo el tiempo y ellos mismos, sin siquiera haberse puesto de acuerdo de un modo explícito, contribuían con maniobras sutilísimas, por pura broma o por razones oscuras incluso para ellos, a aumentar la confusión. De modo que, ahora que ha conocido personalmente a uno, a Soldi le parece que los dos han entrado a través de su experiencia en su imaginación, y que se ha filtrado en ella, probablemente ya para siempre, la misma confusión. El único ejemplar todavía viviente del inconcebible ente repetido que supo atravesar la luz del día en la ciudad durante tantos años, le sirve a Soldi como referencia empírica para representarse, cuando escucha a

Tomatis hablar de ellos, a cualquiera de los dos e incluso a los dos a la vez, como una misma imagen desdoblada y no como dos seres autónomos y diferentes.

A veces, cuando escucha hablar a Tomatis y a Pichón, si bien todo lo que dicen lo divierte y le interesa, después, cuando se queda solo, tiene que someterlo a una especie de traducción: los juicios que emiten le parecen exactos en el momento en que los escucha, pero en las horas y en los días siguientes los descompone en todos sus elementos simples, sometiendo cada uno de ellos a un examen riguroso. La compañía de esos dos cuarentones irónicos y tranquilos, ya más cerca de los cincuenta que de los cuarenta a decir verdad, lo delecta aunque, o tal vez por eso mismo, las convenciones que presiden su conversación se le escapan. Aunque la relación que mantiene con ellos, y sobre todo con Tomatis, con quien desde hace más o menos dos años se ve casi todas las semanas, se ha establecido en un plano de igualdad, Soldi cree notar que, cuando se dirigen a él, los dos amigos cambian imperceptiblemente de tono, y sus frases parecen volverse levemente más claras y explicativas que las que intercambian, elípticas y llenas de sobreentendidos, cuando hablan entre ellos. Y, sin embargo, por nada del mundo se privaría de su compañía, por nada del mundo excepción hecha quizás de alguna mujer hermosa, bastante mayor que él de preferencia, una de esas mujeres plenas y maduras a las que la leyenda juvenil les atribuye una infinita sabiduría sexual, capaz de llenar de magia oscura y de sensaciones inolvidables y secretas los encuentros carnales.

–Aunque se llama Soldi y tiene mucha plata, es sinceramente nominalista –le ha dicho Tomatis a Pichón el día de la presentación. Y después, para coronar la alabanza–: Le sobra polenta como pensador.

Él se ha sentido gratificado por ese elogio ligeramente zumbón, y también agradecido, ya que Tomatis no ignora sus esperanzas de poder instalarse un par de años en el extranjero, en Europa o en Estados Unidos, para estudiar teoría literaria, ni las expectativas que ha despertado en él la llegada de Pichón, de quien podría obtener alguna ayuda para sus proyectos. En su obstinación por realizarlos no hay por cierto ninguna ambición profesional como se dice, sino la creencia, que parece generar cierto escepticismo en Tomatis y revelar en él, en Soldi, alguna ingenuidad, de que si adquiere una ciencia de la creación detallada y segura, el sentido de la exaltación misteriosa que desde que aprendió a leer le procuran esos encadenamientos mágicos de palabras, le será revelado. La libertad relativa que le otorga la fortuna familiar, en vez de inducirlo a multiplicarla, o a aprovecharla para viajar, figurar en sociedad o hacerse corredor de autos –el padre, Aldo Soldi, tiene, entre sus muchos negocios, la representación de una marca alemana de automóviles–, le ha permitido instalarse en su extraña obsesión por las palabras, tan íntimamente entrelazadas, desde su infancia, con los pliegues más recónditos de su propio ser, que ya le es imposible desembarazarse de la convicción, firme como un sortilegio, de que un instrumento capaz de desentrañar el sentido de esos tejidos abigarrados, será al mismo tiempo la clave para comprenderse, siquiera fragmentariamente, a sí mismo.

Otro asunto estimula el interés común de Soldi, Pichón y Tomatis. Después de la muerte de Washington Noriega, unos ocho años atrás, casi en los mismos días de la desaparición del Gato, el hermano mellizo de Pichón, su hija Julia, que se había ido a vivir a Córdoba, se separó del marido y vino a instalarse en la casa de Washington en Rincón Norte. Aunque las relaciones con su padre habían sido más bien difíciles, después de la muerte de Washington, la hija, que tenía más de cincuenta años en esa época, organizó su vida, sin desde luego darse demasiada cuenta de la situación, exactamente igual que la de su padre, imitándolo en todo lo que siempre le había reprochado: se separó de su marido, y se instaló a vivir sola, con una mujer que le hacía la limpieza, en la casa de Rincón Norte, arreglándose con una jubilación estatal y algunas traducciones esporádicas de libros de medicina. Tenía hijos ya grandes e incluso nietos con los que, igual que Washington con ella, se veía rara vez. Y así como en vida se había distanciado de él y no perdía ocasión de criticarlo, después de su muerte, cuando se instaló en la casa, se le despertó por su padre una devoción tardía, por no decir un verdadero culto. Trató de repertoriar y de ordenar cada uno de sus papeles y de sus libros, y conservó la casa exactamente como Washington la había dejado. Con los viejos amigos de Washington que quedaban en la ciudad, Tomatis, Marcos Rosemberg, Cuello, y otros menos íntimos, las relaciones, normales en apariencia, eran a decir verdad de lo más complicadas, ya que Julia, que parecía sufrir de celos retrospectivos que no lograba disimular del todo, los hacía en su fuero interno responsables de las malas relaciones que había mantenido con su familia. Rosemberg, que tenía más o menos la edad de la hija, tomó las cosas con su paciencia habitual, y Tomatis, que había nacido varios años después del divorcio de Washington, y por lo tanto no tenía nada que ver con sus historias de familia, sin dejar de lanzar de tanto en tanto algún sarcasmo sobre la situación, la manejaba con la habilidad viciosa de un diplomático, pero Cuello, que había sido el amigo más fiel, y había acompañado a Washington hasta su muerte, rompió con la hija al poco tiempo de su instalación en Rincón Norte, y cuando se refería a ella ante terceros la llamaba siempre *esa mujer*.

Todos estaban preocupados por los papeles de Washington. Julia juntó los que estaban diseminados en libros, en cuadernos, en cajones y en carpetas, los papeles sueltos y los paquetes de hojas polvorientas, y trató de ponerlos en orden, pero como había estudiado medicina y no tenía mucha cultura literaria o filosófica, lo que le costaba reconocer, su trabajo no avanzaba mucho, y debido a sus sentimientos ambivalentes hacia los viejos amigos de Washington, no quería rebajarse a pedirles ayuda. Bastaba que alguno de ellos hiciese una sugerencia para que ella, con pretextos confusos, la rechazara. Esa situación venía durando desde hacía algunos años cuando Soldi, del que Tomatis nunca había oído hablar, se presentó un día en su casa con el fin, según sus propias palabras, de *charlar de literatura*. Era evidente que le había costado un gran esfuerzo decidirse a tocar el timbre, porque después de haber hecho esa declaración precipitada se había quedado callado, tratando de sonreír detrás de la barba renegrida, y aunque Tomatis le había contestado *Todo menos eso*, lo había hecho subir a la terraza, donde se habían quedado charlando y tomando mate hasta el anochecer, para bajar después a cenar en un restaurante del centro. Al día siguiente ya habían entrado en confianza, y a Tomatis unas semanas más tarde ya le había venido la idea de mandar a Soldi, según sus propias palabras, *como espía doble* a Rincón Norte pensando que, como Soldi no tenía el antecedente infamante de haber pertenecido al grupo de amigos íntimos de Washington mientras ella, abandonada por su padre, se marchitaba en Córdoba, podía ser aceptado por la hija con mayor facilidad, lo que efectivamente sucedió. *Pisó el palito*, comentó Tomatis frotándose las manos, pero Soldi, que era demasiado escrupuloso y leal como para mezclarse en las intrigas de los dos bandos, lo que en el fondo de sí mismo Tomatis, simulando lo contrario, aprobaba, empezó a ocuparse con seriedad de los papeles y, en vez de echar como se dice leña al fuego, trataba, sin mucho éxito a decir verdad, de reconciliarlos. *Es demasiado honesto como para que se pueda confiar en él*, sabía comentar Tomatis, riéndose de su propia broma. Soldi iba todos los viernes a Rincón Norte, y se pasaba el día entero ordenando los papeles de Washington. Y al cabo de tres o cuatro sesiones de trabajo, en un baúl rotulado de puño y letra de Washington *Inéditos Ajenos*, descubrió lo que él llamaba, y casi enseguida todo el mundo adoptó la palabra, no el manuscrito, sino el dactilograma.

Únicamente dos datos son seguros: que el dichoso dactilograma es una copia y que su título, *En las tiendas griegas*, es posterior a mil novecientos dieciocho, porque fue en ese año que Cesar Vallejo escribió el poema del cual ese título está sacado. De los setenta años transcurridos desde entonces, en los primeros cuarenta, o en los primeros treinta a lo sumo, en la selva apretada de esas tres décadas, Soldi y los demás saben que hay que buscar las semanas, los meses o, y es la hipótesis más probable, los años en que la novela fue escrita. Y en cuanto al autor, ningún indicio permite todavía identificarlo. No hay ningún nombre encima o debajo del título escrito en la primera hoja, en mayúsculas entrecomilladas, en el medio y en la parte superior del espacio en blanco de unos ocho o nueve centímetros, después del cual, a un solo espacio, entre márgenes estrechos, se inicia el texto de la novela que únicamente logra detenerse, con los mismos puntos suspensivos con los que comenzó, ochocientas quince páginas apretadas más tarde. El tema es la guerra de Troya y el lugar, la llanura de Escamandro, frente a los muros de la ciudad sitiada, donde se ha instalado el campamento griego, como lo anuncia el título con tono rigurosamente descriptivo y documental. Las ochocientas quince páginas se desarrollan, de la primera a la última, sin excepción, en el campamento. Ni una sola vez el narrador va del otro lado de los muros y, si la novela termina cuando las puertas de Troya se abren para dejar pasar el caballo de madera, la escena está vista desde lejos, por un viejo soldado que ignora el engaño que sus propios aliados han urdido. Los troyanos son figuras diminutas y fantomáticas que se pasean a lo lejos por los parapetos, las torres y las murallas, y que de tanto en tanto una flecha silenciosa, surgida de algún punto impreciso de la llanura, exacta, escamotea. Como el resto de lo existente, Troya parece ser para el narrador, al mismo tiempo, cercana y remota.

Entre los amigos de Washington, el descubrimiento del dactilograma produjo, demás está decir, un revuelo desmesurado, y de los muchos enigmas que encierran las ochocientas quince páginas, la identidad del autor es uno de los más densos. La hija pretende que se trata de su propio padre, pero la palabra novelista en labios de Washington tenía siempre un matiz despectivo. Lo que viene complicando al máximo la situación es que Julia tiene guardado el dactilograma en una caja de metal, y no permite que salga de Rincón Norte ni que se haga una copia. Soldi fue el primero en obtener la autorización de leerlo, que gracias a una negociación laboriosa consiguió extender a Tomatis y a Marcos Rosemberg. Los tres están entusiasmados con el texto, y completamente desorientados en lo relativo a la identidad del autor y a la fecha aproximada de redacción. El único indicio material que poseen es el cuerpo tipográfico más bien grande de la máquina de escribir que sirvió para copiar el manuscrito, de un modelo anterior a la Segunda Guerra Mundial probablemente, en buen estado de funcionamiento a juzgar por el hecho de que las ochocientas quince páginas han sido escritas con la misma máquina, que ya estaba bastante usada si se tiene en cuenta que desde las primeras líneas del texto algunas teclas mal calibradas golpean ligeramente más arriba del renglón imaginario sobre el que se van estampando, y que en ciertas partes del texto, a causa de la cinta bicolor, muchas letras son negras en la parte superior y de un rojo desteñido, debido a una impresión imperfecta, en la base.

Demás está decir que, desde hace por lo menos un año, gracias a los comentarios epistolares de Tomatis, Pichón está al tanto de la existencia de la novela. Muchas horas en París las ha llenado especulando sobre la identidad posible del autor, sobre la probabilidad de que existan en la ciudad o en el país, o donde fuese, otras copias polvorientas guardadas en el fondo de un ropero o de una valija, e incluso algún sobreviviente de la época capaz de aportar su testimonio para aclarar el misterio. A los pocos días de llegar a la ciudad, durante una conversación con Tomatis, el tema fue tratado en detalle y se pusieron de acuerdo para ir, gracias a la intervención diplomática de Soldi y gracias también a sus medios de transportes puestos a disposición por su padre, hasta Rincón Norte, para visitar la casa de Washington que hacía tanto tiempo que Pichón no veía, y echarle de paso una ojeada al dactilograma.

Y, justamente, eso es lo que han hecho durante el día transcurrido. Soldi había prometido llevarlos en auto, pero al día siguiente nomás de programar el viaje, lo llamó a Tomatis para proponerle, si él y Pichón estaban de acuerdo, ir a lo de Washington no en auto por el camino de la costa, sino en lancha por el río. De modo que esa mañana, a eso de las diez, cuando el calor ha comenzado a apretar a decir verdad, se han encontrado en la entrada del Yacht Club, del otro lado de la laguna, Tomatis, Pichón, Alicia y el Francesito, como lo llaman en la ciudad sus nuevos amigos al hijo de Pichón, y Soldi y el tripulante de la lancha que ya estaban esperándolos desde hacía un rato. Bajo unos eucaliptos plantados cerca de la orilla, la lancha del padre de Soldi, "La Rubita", ha estado también esperándolos, por decirlo de algún modo, balanceándose con la cadencia plácida, en la mañana ardiente y sin viento, de la corriente, proa hacia la tierra, y ya desembarazada por el tripulante de la lona que la protegía. La lancha es blanca, limpia, amplia, con su cabina en el medio y en la popa la cubierta protegida del sol por un toldo a rayas blancas y verdes; en la heladera encastrada en el rincón exiguo de la cabina que sirve de cocina, Pichón, Soldi y el tripulante han acomodado todo lo necesario para un picnic, fruta, huevos duros, queso, jamón, agua, gaseosas, sardinas, cerveza en lata, y después de distribuirse en las banquetas de la cubierta, bajo el toldo rayado, han esperado, con una excitación leve a causa del paso del suelo firme a la movilidad del agua, que la lancha zarpe, haciendo sacudir, mediante las ondas que generaba a medida que avanzaba maniobrando despacio, y que se renovaban constantemente, las hileras de embarcaciones amarradas a la orilla, fantasmales, informes y ciegas bajo la lona que las envolvía.

Apenas si ha estado menos caluroso en el medio del río que en las orillas, pero el desplazamiento de la lancha y la sombra del toldo a rayas gruesas verdes y blancas, les han permitido aprovechar un vientito fresco. El agua, a causa del sol que ha estado subiendo, ha cabrilleado en las orillas y todo alrededor de la lancha que, al internarse en los riachos más estrechos, y al formar la estela que se desplegaba en ángulos cada vez más abiertos y en ondas sucesivas, ha ido sacudiendo las plantas acumuladas en las orillas, helechitos acuáticos, juncos, camalotes y totoras, que forman una transición inestable y enmarañada, líquida y sólida a la vez, entre la tierra firme y el agua. Como la distancia entre la ciudad y Rincón Norte no es demasiado grande, han navegado despacio y dando rodeos por islas y riachos, para no llegar antes de la hora fijada –las dos y media– con la hija de Washington. No han podido ver, en todo el cielo, hasta el horizonte visible, ni una sola nube, ninguna otra presencia aparte del sol árido, centelleante, rodeado de astillas y manchas en fusión, como si hubiese estado chorreando materia ígnea a lo largo de su desplazamiento. De tanto en tanto algún pájaro, un benteveo de panza amarilla, un cabeza colorada, una corbatita, un martín pescador, alborotándose en las orillas cercanas a causa del ronroneo del motor, han acompañado, sin proponérselo, saliendo bruscos de entre las ramas de los arbustos o de los árboles enanos, recubiertos de plantas trepadoras y saliendo disparados por aturdimiento y por pánico en su misma dirección, el desplazamiento de la lancha. La vegetación de un verde viejo, blanquecino, sin brillo, que sufre al mismo tiempo del exceso de agua y de la prolongación inhabitual del verano, les ha parecido ir destiñéndose todavía más a medida que la luz subía en el cielo, para fluir desde el cenit y penetrar parejamente en las cosas y, por más opacas y macizas que fuesen, volverlas ondulantes y translúcidas. Y cuando han amarrado en una orilla para comer, a la sombra ilusoria de unos sauces raquíticos, sin siquiera bajar de la lancha, el vientito fresco del desplazamiento en la cubierta, bajo el toldo a rayas amarillas y blancas, ya no ha soplado más para secar las gotas que van dejando rastros atormentados en sus caras sudorosas. En plena luz cenital, durante un buen rato, hasta la lona tensa del toldo se volvió translúcida, y, lo mismo que en una pantalla, las ramas inmóviles de los sauces proyectaban su sombra sobre las rayas amarillas y blancas, traspasaban la tela y eran visibles desde la cubierta. Únicamente los dos adolescentes no sudaban. Indiferentes a la excursión, al paisaje, a la conversación de los adultos, a lo exterior en una palabra, serios, casi hoscos, bien bronceados a causa de las muchas horas pasadas en la playa, salían de tanto en tanto de su silencio para hablar en voz baja entre ellos, aislados en la banqueta de popa, de la que se levantaron solamente a la hora del almuerzo para ir a buscar a la cabina un huevo duro o una gaseosa.

Sin embargo, antes y después de comer –bien liviano por cierto a causa del calor– los adolescentes se dieron un chapuzón, de modo que los cuatro adultos, enfrascado cada uno en el ronroneo monótono y deshilachado que fluye sin fin en el fondo de cada uno y que se hace más intenso en el sopor general de la siesta, los han visto, a través de sus párpados entrecerrados, levantar penachos blanquecinos de agua con sus brazadas y sus pataleos que resonaban y repercutían en el aire caliente y soñoliento y que, al agitar el agua, formaban ondas concéntricas rítmicas y rápidas que hacían balancear la lancha, meciendo con suavidad a sus ocupantes adormecidos. Aparte de una que el tripulante ha ido mezclando en un vaso de cartón con naranjada, las latas de cerveza quedaron intactas en la heladera: el calor, el rumor constante del motor que, después de detenerse ha seguido resonando un buen rato en la memoria, y la fatiga del día incesante, han sido hasta el anochecer alcohol suficiente para empañar, con sus estremecimientos ínfimos pero continuos, la transparencia interna que vacila y se adelgaza. A eso de las dos, rompiendo como se dice el silencio centelleante y alborotando de nuevo a los pájaros ocultos entre las ramas de la orilla, la lancha ha retomado el rumbo de Rincón Norte para ir a arrimar, despacio y sin sombra de falsa maniobra, junto a un embarcadero estrecho de madera ennegrecido por la intemperie, adecuado tal vez para los períodos de creciente, pero demasiado alto para la profundidad actual del riacho, de modo que el tripulante ha debido abordar la orilla por la popa, prescindiendo del muelle de madera, para facilitar la bajada de sus pasajeros. Durante un kilómetro por lo menos, han seguido dos huellas paralelas, arenosas, separadas por una banda central cubierta de pasto reseco y blanqueado de polvo, y por fin han empezado a divisar, por entre las masas de vegetación bien verde y cuidada del patio, las tejas color ladrillo de la casa de Washington. Una criolla vieja, vestida con un batón floreado, trayendo en la mano una pantalla de cartón, obsequio publicitario de algún negocio de la ciudad, con la foto de una estrella de cine en el anverso y el nombre y la dirección del negocio en el reverso, les abrió el portón de tejido y los condujo a la casa por un sendero de lajas blancas irregulares, abierto entre canteros florecidos todavía en marzo gracias a la sombra de los árboles que bordean todo el perímetro del terreno o se levantan, sólidos, bien regados y sin ningún orden particular, en diversos puntos del patio. La hija de Washington los ha esperado en la galería protegida del sol por plantas trepadoras cuyas ramas intrincadas y retorcidas forman una fronda tan apretada que apenas si deja pasar, por algunos huecos, rayos luminosos que estampan unas manchas irregulares en las baldosas relucientes y coloradas. Sin Washington la casa le ha parecido a Pichón un poco más grande de lo que la consideraba en su recuerdo, y tal vez por eso también un poco más desolada. La hija, en cambio, lo acogió con una amabilidad y una ostentación de placer que a Pichón le han parecido exageradas, porque era la primera vez que la veía, pero la conclusión que sacará más tarde de esos signos excesivos de hospitalidad es que, en pleno conflicto compulsivo con el grupo local de amigos de Washington, tal vez sin siquiera haberlo decidido de un modo consciente, ha considerado como una buena medida táctica tomar como aliado a uno que únicamente está de paso por la ciudad. La simpatía servicial que le demostró pretendía quizás demostrar, por contraste, la responsabilidad de los otros en las escaramuzas locales. Pero todo el encuentro ha transcurrido en un ambiente diplomático aburrido y un poco solemne. Estudiándola de tanto en tanto con disimulo, Pichón ha llegado a la conclusión de que Julia parece haber heredado los cabellos blancos, lacios y sedosos del padre, y tal vez algo de su simplicidad espartana, y la opulencia, la buena educación, y la elegancia algo convencional de la madre. Y, al entrar en la biblioteca, tan familiar para él en otras épocas, al transponer otra vez después de tantos años la puerta, ha creído percibir un olor de cera, atenuado pero real, en el que parecía cristalizarse el cambio de dominio o de influencia sobre el lugar, el paso de la camaradería viril del anciano solitario con la fatalidad rugosa y fugitiva de las cosas, al combate constante de la voluntad femenina por preservarlas, tratando de detener o mejor aun de hacer retroceder, la polución, el desgaste, el óxido, la desintegración.

La hija de Washington ha traído la caja de metal, bastante más grande que una caja de zapatos, pero ha sido Soldi –Julia lo llama Pinocho–, el que la ha abierto, con la llave que le ha dado la dueña de casa. En semicírculo alrededor de la mesa de trabajo de Washington, los visitantes han contemplado, inmóviles y sin decir palabra, los tanteos algo laboriosos de Soldi con la llavecita, para introducirla y después hacerla girar en la cerradura, hasta obtener un resultado que juzgó satisfactorio, de modo que dejando la llavecita en la cerradura, abrió la tapa de la caja y sacó con cuidado una carpeta de cartulina azul, abultada, que depositó sobre la mesa. Una vez que hubo abierto la carpeta, los visitantes pudieron comprobar que el dactilograma, además de las protecciones sucesivas de metal y cartulina, gozaba de una tercera, una especie de gran sobre de plástico semitransparente pero amarillento de tan grueso, con un cierre relámpago no dentado que Soldi corrió con decisión, para sacar después, con sus manos delicadas y precisas, el paquete alto de hojas escritas a máquina, un poco resquebrajadas y casi marrones ya más que amarillas en los bordes, chamuscadas, podría decirse, por la llama continua y sin velocidad calculable del tiempo que no para. Cuando ha dejado el paquete de hojas ya sin ningún envoltorio sobre la mesa, Soldi se ha hecho a un lado, un poco grave detrás de la barba, cruzando sus manos largas y bronceadas sobre el abdomen, tranquilo, por no decir satisfecho. Pichón ha tomado esa actitud como una autorización dirigida a su persona, incitándolo a examinar el original, pero antes de dar la vuelta a la mesa para inclinarse sobre la parva de hojas dactilografiadas, con el primer vistazo al paralelepípedo bastante voluminoso que forman, ya ha comprendido que Washington no puede ser el autor, que Washington nunca hubiese escrito un relato, y menos aun un relato de ese tamaño, de modo que durante unos segundos, antes de inclinarse por fin hacia la mesa, su preocupación principal ha sido que esa convicción no se refleje en su cara.

Lo que le ha llamado antes que nada la atención es que la novela empieza con puntos suspensivos, y que en realidad la primera no es una frase entera sino el miembro conclusivo de una frase de la que falta toda la parte argumentativa:

...prueba de que es sólo el fantasma lo que engendra la violencia.

Desplazando el paquete entero de hojas, menos la última que lleva, en el ángulo superior derecho, el número 815, Pichón ha podido comprobar que la frase final también se interrumpe y acaba, no con un punto, sino con tres puntos suspensivos. Después, durante varios minutos, bajo la mirada ligeramente expectante de los presentes, con la impresión de que todos quisieran erigirlo en juez de un litigio cuyos motivos auténticos, no únicamente él, Pichón, sino también, y sobre todo, cada una de las partes ignoran, ha examinado el dactilograma, observando que, después de todo, a pesar de la altura que alcanzan las hojas acumuladas, no es tan largo, porque los tipos de la vieja máquina de escribir que ha servido para copiarlo –las pocas tachaduras hechas con la equis mayúscula demuestran a simple vista que se trata de una copia– son bastante grandes. Es cierto que las hojas fueron llenadas, quién sabe cuándo, a un solo espacio, que no existe ninguna división en partes, capítulos y secciones, y que los puntos y aparte son infrecuentes de un modo superficial, Pichón ha calculado que hay uno cada treinta o cuarenta páginas. La primera conclusión que ha sacado del examen visual del dactilograma, o de su disposición tipográfica, más bien es que la novela no incluye un solo diálogo, pero después, adentrándose un poco más en el texto, ha podido verificar que, a decir verdad, hay muchísimos, aunque transcriptos siempre en forma indirecta. Las frases son de extensión diferente: a veces hay frases cortas, a veces las frases cortas y las largas alternan, y a veces la extensión de las frases va aumentando, hasta alcanzar la extensión de una o dos páginas, lo que parece dar siempre lugar al punto y aparte. Quienquiera haya sido el autor –hasta este mismo momento en que están sentados a la mesa tomando la primera cerveza de la noche con Soldi y Tomatis no se le ha ocurrido todavía ningún nombre– no da la impresión de adherir, por el uso sistemático de la frase corta, a la superstición de la eficacia ni, por practicar en forma exclusiva los períodos interminables, al barroco de vulgarización. Por un prejuicio favorable, ya que todavía no ha leído la novela, Pichón le atribuye al autor desconocido una capacidad de modulación rítmica gracias a la cual cada frase tiene la extensión que le corresponde, basándose en la identificación lo más completa posible de sonido y sentido, y no en principios abstractos de una supuesta estética del relato y una pretendida visión del mundo como le dicen, anteriores al momento de la redacción.

Hubiese querido estar más concentrado mientras estudiaba, manipulándolo con cuidado, el dactilograma, pero el interés un poco indiscreto con que lo observaban los demás, aunque no hubiese cruzado una sola mirada con ellos, lo distraía. El papel de árbitro que los dos bandos habían decidido acordarle lo perturbaba hasta tal punto que le hacía perder la exactitud y, peor todavía, hasta la sinceridad de sus juicios. Y, en lugar de haber sacado conclusiones a propósito del texto propiamente dicho, había lanzado una frase semejante a una sonda que se deja caer en un pozo oscuro, del que se ignora el contenido, la hondura e incluso la finalidad.

–Habría quizás que mandarlo a Europa o a los Estados Unidos para que pueda ser estudiado con mayor precisión científica que la que puede obtenerse en Rincón Norte –ha dicho, originando primero un murmullo general y después la respuesta suave pero definitiva de la hija de Washington:

–Mientras yo viva, no sale de esta casa.

–Un día de éstos, habrá que decidirse a hacer una copia –ha intervenido Soldi, al parecer satisfecho por el intercambio de frases que acababa de resonar en el cuarto de Washington, bastante fresco a causa de la penumbra calculada que siempre lo protegió del ardor exterior: las dos frases resumían de un modo a su juicio claro la situación, eximiéndolo de tener que explicar a las partes en litigio los argumentos contradictorios.

–Si se analiza debidamente el papel, la tinta o el tipo de máquina además del texto, tal vez se puedan obtener más precisiones –ha dicho Pichón, tomando de nuevo las precauciones necesarias para no dar la impresión demasiado clara de estar poniendo en tela de juicio la identidad del autor.

–Todo eso puede hacerse aquí mismo –ha dicho Julia.

–No lo creo –ha dicho Soldi de un modo apresurado, prefiriendo que esa contradicción, que a causa de su sensatez transparente cualquiera de los presentes hubiese podido expresar, provenga más bien de su persona, de quien Julia la tolerará más fácilmente que si hubiese provenido de Pichón o de Tomatis.

–Y, para ser francos –ha dicho Julia como si no hubiese escuchado– no veo mucho la necesidad.

–Permiso, voy a salir un momentito al patio a tomar aire –dijo Tomatis con la entonación más amable y despreocupada que pudo hacer pasar a través de su garganta sofocada de indignación.

–¿Por qué no vamos todos? Debe estar lindo a esta hora –ha propuesto Pichón con la más exquisita urbanidad.

Soldi ha emparejado las hojas del dactilograma, a las que introdujo después con mucho cuidado en el sobre de plástico, corriendo el cierre relámpago, y, después de haberlo metido el sobre en la carpeta azul, colocándolo en el fondo de la caja de metal, de la que bajó en el acto la tapa, cerrándola con una doble vuelta de la llavecita.

Han salido todos al patio. En veinte años, le ha parecido a Pichón, los árboles, algunos de los cuales fueron plantados en su presencia y que él mismo algunas veces podó y regó y, cuando crecieron gozó incluso de su sombra, no sólo han crecido todavía más, sino que también le han dado a ese patio un aspecto desconocido. Las moras, los gomeros, los arces, los fresnos, las acacias o los paraísos, los laureles rosas, blancos o amarillos, las palmeras y los jazmines, los cercos de ligustro, de pasionaria o de madreselva, para no hablar de los frutales, dispuestos en un área especial del patio, higueras, cítricos, manzanos, nísperos, perales o durazneros, con su solo crecer, han modificado el espacio en el que están plantados volviéndolo diferente de la representación que Pichón se hacía en su recuerdo. Ese lugar que creía conocer de memoria le pareció muy distinto y por esa misma razón extraño, novedoso, ligeramente inquietante tal vez, como si las pruebas de un tiempo que sigue fluyendo sin nosotros, se hubiesen acumulado en los troncos enormes y rugosos y en las copas desmesuradamente expandidas de los árboles. Por los huecos de la fronda pasaban manchas de luz que se imprimían en los senderos bien apisonados, pero una sombra espesa que conservaba la frescura y la humedad, defendía el terreno del sol obstinadamente ardiente de finales de marzo. En cierto momento, la hija de Washington y los tres especialistas literarios, como llamaba desdeñosamente y con ironía impasible en su fuero interno a Pichón, Soldi y Tomatis, se habían quedado solos bajo los árboles, porque los adolescentes habían desaparecido y, en un rincón alejado del patio, inclinados con interés sobre unos canteros de flores, el tripulante de la lancha y la vieja criolla que los había recibido conversaban. Tomatis había estudiado con profundo interés las ramas de una morera.

–Ni una sola mora nos han dejado, Julia –dijo por fin.

–Mire si íbamos a andar esperándolo –le respondió, con sequedad jovial, la hija de Washington.

–Con el cuento de que clasifica los papeles, Pinocho se come todo cada vez que viene –dijo Tomatis.

–Hago lo que puedo –respondió Soldi, inclinándose con modestia simulada.

–En vez de la novela, las moras tendría que poner bajo llave, Julia –ha dicho Tomatis.

Pichón se ha reído, no de la jovialidad agresiva y un poco mecánica del diálogo, sino de la tensión que percibe detrás de las palabras, ya que no ignora el conflicto que desde hace tiempo opone a los interlocutores.

–¿Quieren que les haga preparar unos mates? –preguntó Julia, lo que indujo a Pichón a pensar que en el modo de formular la pregunta estaba implícita la declaración de que ella no se molestaría en cebarlos, sino que delegaría la tarea en la vieja criolla de batón floreado que conversaba en el fondo con el tripulante, o, peor todavía, que la formulaba con la esperanza de que no aceptarían viéndose de ese modo en la obligación de dar por terminada la visita. Tomatis ha parecido pensar lo mismo porque, sin consultar a nadie, respondió en el acto.

–No. Se está haciendo un poco tarde. Habría que volver, ¿no, Pinocho?

De modo que después de una despedida afable, corta y convencional, han emprendido la vuelta. No bien hicieron unos metros por el camino arenoso en dirección a la costa –sus sombras ya largas, azules, los precedían quebrándose en las irregularidades del suelo– Tomatis, bajando por prudencia un poco la voz, empezó a criticar a la hija de Washington.

–¡Que en Rincón Norte se puede analizar científicamente el manuscrito igual que en Cambridge! Se enteró de su muerte por el diario y ahora se las da de hija devota. Quiere a toda costa que el autor sea Washington porque, como es una novela, piensa que va a hacerse rica cuando la publiquen. Ya debe estar pensando en vender los derechos cinematográficos o, peor todavía, en hacerla adaptar para televisión.

Con discreción, casi con estoicismo, Soldi y Pichón se han abstenido de responder a esas frases malintencionadas y sin duda inverificables, sin dejar de pensar sin embargo que la terquedad de Julia, originada en confusos y probablemente antiguos tironeos emocionales, justifica en cierta medida el furor de Tomatis. Después, haciendo silencio, han ido avanzando a paso lento hacia el río, en el calor del atardecer. Pichón lanzaba, de un modo voluntario, o voluntarista mejor, miradas a su alrededor, tratando de captar en el paisaje, bastante triste por otra parte después de tantas semanas de sequía, algo, una fuerza propia a la disposición del pasto grisáceo, de la vegetación polvorienta, del suelo arenoso, del aire sofocante y del cielo ilimitado y ya un poco pálido del día que declinaba, un hálito singular que hubiese sido específico de ese lugar y de ningún otro, pero sus miradas rebotaban en el espacio neutro, irreconocible, átono, que no le procuraba como se dice ningún sentimiento de reciprocidad ni ninguna emoción. Únicamente cuando llegaron a la orilla del río y cuando ya había renunciado a sentir alguna intimidad viviente entre los pliegues apelmazados de su ser y lo exterior, la proximidad y la vista del agua le produjeron una especie de alegría fugaz que atribuyó no a su afinidad con ese río preciso, sino a la alerta general de sus entrañas, de sus sentidos y de su piel, acosados por el calor, el cansancio y la sed, ante la presencia benévola, inmediata y genérica del agua salvadora.

Como el sol bajaba cada vez más rápido, recogieron el toldo a rayas blancas y verdes de la lancha para que, gracias al desplazamiento, el aire secara sus caras sudorosas después de la caminata y del día transcurrido, que daba la impresión de haberlo hecho únicamente para los adultos, porque los dos adolescentes, sentados uno al lado del otro en el mismo lugar de la banqueta que habían ocupado durante el viaje de ida, más parecidos, uno al lado del otro, a las dos mitades de un ente andrógino que a dos ejemplares de sexos opuestos, impasibles y plácidos, daban la impresión de ser, para lo que corroe desde dentro y desde fuera con su obstinación insidiosa y continua, indiferentes y aun invulnerables. Desplomados en las banquetas, los adultos tomaban agua fresca que habían sacado de la heladera, y se dejaban mecer por el movimiento de la lancha y por el ronroneo uniforme del motor que, de un modo paradójico, se atenuaba en el silencio total del río y de las islas vacías. En la cabina, el tripulante, que les daba la espalda, de vez en cuando, sin descuidar el control de la lancha y sin siquiera darse vuelta, estiraba el brazo izquierdo, gritando y señalando algo en dirección de la orilla. Como él mismo debía saber que desde la popa no podía entenderse lo que decía, daba la impresión de estar señalándoselo a sí mismo con un ademán enfático y perentorio semejante al de un demente en estado crítico, hasta que Soldi se levantó y fue a preguntarle de qué se trataba, volviendo después de unos minutos de conversación afable para explicar que esos ademanes insistentes querían llamar la atención de los pasajeros sobre las victorias regias que flotaban cerca de las orillas, las bandejas verdes y circulares, y al costado de cada una, en la punta de un tallo largo y medio sumergido que evocaba un cordón umbilical, la flor de un blanco rojizo que se había abierto en el atardecer, para relumbrar con un resplandor apagado durante la noche y volver a cerrarse al alba hasta el anochecer del día siguiente, las victorias regias que los indios guaraníes llamaban irupé y que le hicieron pensar a Pichón, a causa de esa flor un poco separada del círculo verde pero dependiente de él, igual que un planeta y su satélite, en esas diosas arcaicas y solitarias que, fecundándose a sí mismas, parían por entre sus miembros vigorosos un dios menor, blanco, espigado y frágil, con el que se elevaba en vuelo nupcial antes de abandonarlo a la mesa del sacrificio para hacerlo despedazar y perpetuar de ese modo su propio culto.

Como a la ida, también a la vuelta han alargado un poco el camino, para llegar al anochecer y así librarse de soportar entre las casas y el asfalto recalentados de la ciudad,el sol esponjoso y turbio de la tarde. Navegando por el Colastiné cerca de la orilla este; bordeando las grandes islas que lo separan del Paraná propiamente dicho y de los riachos entrerrianos, han explorado los canales internos del río, formados por las islitas aluvionales que han sido hasta no hace mucho tiempo bancos de arena y que no tienen ni siquiera nombre y después, en vez de seguir por el río, se han internado en el Ubajay pasando incluso, antes de desembocar de nuevo en el curso grande del Colastiné, por la playita de Rincón y la casa de fin de semana de los Garay, una de las dos últimas propiedades de la familia (reducida en la actualidad a Pichón, su mujer y sus hijos), los detalles finales de cuya venta habían justamente motivado su viaje desde París. Esas dos casas, cerradas y vacías desde hacía mucho tiempo, ni siquiera había ido a visitarlas. Un primo abogado –de chicos se detestaban– se había encargado de la venta, y aunque él hubiese podido mandarle un poder desde París, había preferido abstenerse de hacerlo para justificar el viaje a la ciudad con el pretexto de la firma. Al divisar la casa, no todavía en ruinas pero carcomida por la intemperie, de modo que el blanco de las paredes donde la pintura no se ha descascarado está cubierto de un archipiélago de manchas grises y negruzcas, en el momento en que la lancha dejaba atrás una curva cerrada ha tenido de nuevo la esperanza de que algo dentro de sí mismo, nostalgia, pena, memoria, compasión, se pondría en movimiento, pero, de nuevo, las capas pegoteadas de su ser, como si fuesen un solo bloque compacto, no han querido desplegarse, ni siquiera entreabrirse. Ha tenido incluso que hacer un esfuerzo para mostrarle la casa a su hijo, alzando un poco la voz por sobre el ronroneo de la lancha:

–Esa es la casa de Rincón, de la que te mostré tantas fotos. Aquí de chicos pasábamos los veranos con el Gato.

Sin responder, el Francesito sacudió afirmativamente la cabeza y, para satisfacer a su padre, le echó una mirada larguísima a la casa, hasta que un nuevo recodo del río la escamoteó a la vista, pero su expresión impenetrable y serena,muy semejante, pensó Tomatis mirándolo, a la de los mellizos cuando tenían su misma edad, no dejó pasar, a pesar de la emoción intensa que sentía y que no tenía nada que ver con la casa, ningún signo al exterior. De esa casa habían desaparecido varios años antes, sin dejar literalmente rastro, el Gato y Elisa. Fueron, como tenían la costumbre de hacerlo desde hacía años, a pasar un par de días juntos, y nunca nadie más volvió a verlos. La casa de Rincón había sido desde siempre para ellos el recinto sacrosanto donde repetían periódicamente el ritual del adulterio. La puerta de calle estaba como de costumbre sin llave, pero todo seguía limpio y ordenado. No había señales de lucha o de presencias extrañas. Las camas estaban hechas y la mesa puesta. En la heladera, los alimentos para varios días se encontraban todavía en buenas condiciones. Aunque había algunos objetos de valor, máquina de escribir, ventiladores y otros artefactos, no faltaba nada y cada cosa seguía, intacta y en perfecto estado de funcionamiento, en su lugar. Un amigo publicitario, para el que el Gato hacía de tanto en tanto algún trabajito, fue el que descubrió que habían desaparecido: como eran tiempos de terror y de violencia, y como al entrar en la casa silenciosa, empezó a sentir un olor nauseabundo, el amigo publicitario se asustó bastante, pero cuando entró en la cocina descubrió que el olor venía de un pedazo de carne que se descomponía sobre el fogón, en un plato. Al lado había un gran cuchillo de cocina y una tabla de picar carne, pero no habían tenido tiempo de usarlos. En el momento en que había sacado el plato de carne de la heladera y lo habían depositado sobre las baldosas rojas del fogón, el fluir de sus actos se había detenido y ellos se habían como quien dice volatilizado. Nunca más en siete u ocho años un solo signo de su existencia material, ni siquiera sus cenizas, había aparecido. *Pasaron*, le había comentado Tomatis a Pichón en una carta, *de una cama indebida a una tumba indebida, con esa autonomía discreta y solidaria, de espaldas al mundo e incluso en contradicción con él, que únicamente otorgan la mística, la locura y el adulterio.*

La lancha salió del Ubajay –"Es casi tan ancho como el Sena a la altura del Pont des Arts y por acá todo el mundo lo llama arroyo", ha pensado Pichón mientras iban dejándolo atrás– y entró otra vez en el Colastiné, navegando firme hacia el sur. En el atardecer inmóvil y caliente de marzo, a causa del aire un poco más fresco que producía su desplazamiento "La Rubita" le ha dado a Pichón la impresión de estar atravesando un corredor distinto del resto del espacio, con un clima propio, más clemente que el que imperaba fuera de sus bordes y que parecía disolver en el aire turbio las islas chatas y descoloridas.Ya iban por un verdadero río, ancho, hondo y correntoso, a pesar de su superficie lisa –debido al tiempo y a la hora– y casi coagulada, semejante a un bloque de gelatina en el que la proa afilada de la lancha fue abriendo un surco que se ensanchaba en la popa y en el que las masas de agua excavada tenían la consistencia, el color y la textura de vetas rugosas y, por los borbotones blancos que se formaban en la superficie, hirvientes de caramelo. Y tan verdadero en tanto que río, ha recordado Pichón, que, a pesar de no ser más que un recodo, una excrecencia, un retoño entre tantos otros de los que engendra, bajando hacia el sur, el Paraná, ha sido en sus orillas, unos diez kilómetros más abajo, en Colastiné sur, hasta los años veinte más o menos, donde funcionaba el puerto de la ciudad, un puerto de ultramar, y en las inmediaciones, ahora desiertas y vueltas al estado salvaje, había pululado una muchedumbre de marinos rusos, japoneses, alemanes, senegaleses, australianos, de comerciantes, de funcionarios fluviales y de estibadores, de prostitutas y de contrabandistas, de artesanos y de oficiales y agentes del ejército y de la policía portuaria. Desde Dakar, Hamburgo, Odessa o Nueva Inglaterra, los barcos de proa alta, mástiles y chimeneas, fondeaban en la orilla. Un tren venía desde la ciudad cruzando la laguna por un puente de madera que, como a casi todos los otros, terminó por derrumbar una creciente, descargando y cargando mercaderías y pasajeros. Muelles y galpones se extendían a lo largo de la orilla y en el espacio que los separaba pasaban las vías férreas y se agitaba un tumulto de carros, caballos, hombres, guinches, entre pilas de madera y fardos de lino blanco que, habiendo salido de las bodegas oscuras de los barcos en los que habían atravesado más de un océano, esperaban amontonados al sol, en la tierra arenosa, que los vagones los llevaran a la ciudad. El pueblo propiamente dicho habían sido varias hileras rectas de casillas con techo de cinc, alguna que otra, más pretensiosa, adornada por un alero de lata representando una flor de lis o algún otro motivo, repetido a todo lo largo de la fachada, en la altura, paralelo a la canaleta de cinc del desagüe. Como los mosquitos y las moscas a los hombres, a vela, a remo o a motor, las embarcaciones minúsculas y remendadas de los proveedores, comerciantes, funcionarios e incluso proxenetas, hostigaban, evolucionando inestables y nerviosas a su alrededor, a los grandes barcos de ultramar fijos y firmes contra el muelle. El calado del puerto nuevo, en la ciudad, y la construcción del largo canal de acceso a los muelles desde un nudo intrincado de islas, ríos, riachos, lagunas y arroyos que desembocan en el río Paraná Viejo, contribuyeron a la decadencia del puerto en Colastiné sur. El pueblo y la estación desaparecieron; los muelles y los galpones, poco a poco, se derrumbaron; el pasto y la maleza fueron borrando los caminos que llevaban al puerto: quedaron un monte de eucaliptus, un despacho de bebidas hecho de latas y de madera de cajón, con techo de paja y, de tanto en tanto, a lo largo de la costa hasta Rincón, algunos trechos de vías oxidadas y sepultadas por la vegetación desteñida, buenos lingotes de hierro que, por alguna razón misteriosa, cirujas, acopiadores de materiales de construcción o simples rateros, sc habían abstenido de arrancar. También, incompletas y reventadas en parte por la presión que hace desde abajo lo que, obstinado, se empeña en crecer, las bases rectangulares de las casillas de madera que, en la época de las vacas gordas, se habían otorgado el lujo de un piso de portland. Pero desde cierta distancia, desde el río o desde el medio del campo por ejemplo, los vestigios de ocupación humana son por cierto invisibles, a no ser por el rancho de lata, los eucaliptos y los troncos negros y geométricos, que recuerdan ciertos dibujos de Piranesi, de un muelle reciente destinado a una balsa militar que transporta camiones de combustible, el lugar parece tan virgen y deshabitado como debía serlo, abstracción hecha del clima, de la erosión y de los depósitos aluviales, el día en que, después del último sobresalto geológico, el suelo, el agua, el aire y la vegetación, encontrando cada uno su lugar, graduales, se apaciguaron.

Cuando Pichón imaginó que sería posible aprovechar, alguno de los variados medios de transporte de la familia Soldi, nunca se atrevió a esperar tanto, y el viaje que han hecho esa tarde a Rincón Norte con Tomatis y los chicos, le quedará sin duda como uno de los mejores momentos de su estadía, aunque sus impresiones e incluso sus sensaciones hayan sido más bien neutras, distantes y un poco irreales. Por eso, cuando "La Rubita" ha empezado a navegar por el Colastiné, después de haber dejado atrás el arroyo Ubajay, se ha impuesto el deber de conversar un poco con Pinocho, interrogándolo sobre el dactilograma. Con minucia, con calma, con exactitud, valiéndose de frases precisas y bien redondeadas, durante unos diez minutos en los que Pichón y Tomatis lo han escuchado atentos, casi asombrados, Pinocho ha resumido las líneas principales del relato, y en el aire alterado por el desplazamiento de la lancha, los viejos nombres legendarios, Troya, Helena, Paris, Menelao, Agamenón y Ulises, y sobre todo el

Soldado Viejo y el Soldado Joven –la doble voz cantante del relato según Pinocho– han flotado un momento después de haber sido pronunciados, para ser arrastrados casi en seguida como pedacitos de papel o como hojas muertas por el aire en movimiento. Pichón ha seguido el resumen oral del relato con sacudimientos de cabeza, y las frases precisas y elaboradas de Pinocho han parecido volver todavía más lejano, por no decir inexistente, el ronroneo continuo –lo cual es una ilusión– del motor. Después Pinocho ha dicho que está preparando un resumen escrito, de unas cincuenta páginas, para mandarlo a universidades, críticos, editores, hasta tanto la hija de Washington le de la autorización para sacar el original de la casa y hacerlo fotocopiar. Él está, ha dicho Pinocho, dispuesto a pasarlo enteramente a máquina, si Julia se lo permite. Después ha hecho silencio, mirando pensativo al tripulante que, de espaldas a sus pasajeros parecía no dirigir el timón, sino haberse apoyado en él para descansar de las fatigas del día ardiente. Al rato han pasado bajo el puente carretero de la isla Verduc, y han visto la cinta del asfalto que lleva, recta y azul, hacia el túnel subfluvial en el otro extremo de la isla, hacia Paraná, e incluso hacia el Uruguay y el Brasil, y han llegado al lugar en que el río Colastiné se termina, confundiéndose con los arroyos Tiradero, el nuevo y el viejo, que confluyen a su vez para formar tan intrincados cursos de agua –fugaces o permanentes, grandes o chicos, playos o profundos, anchos o angostos, según el capricho de bajantes y crecientes– que ni siquiera tienen nombre. Abandonando la dirección sur, la lancha torció hacia el oeste y entró en el río Santa Fe, un curso estrecho de agua al que tal vez únicamente la profundidad lo autoriza a llamarse río, y tan tortuoso que, como lo fue demostrando la posición en el horizonte de los últimos manchones rojos del atardecer, que cambiaban continuamente de lugar, los ha obligado a tomar primero la dirección este, después noreste, después sudeste, después este, después sudeste, después noroeste, después sur, después oeste y finalmente, en el lugar llamado la Vuelta del Paraguayo, este sudeste, hasta tomar de nuevo y en forma definitiva la dirección oeste, o sea la ciudad.

La última luz roja del sol ya invisible ennegrecía las siluetas de los edificios; las construcciones más altas, monoblocs, chimeneas, elevadores de granos en el puerto, le han dado a Pichón la impresión de ser figuras geométricas planas, negras y sin espesor, y la muchedumbre de casas bajas, de una o dos plantas, más las copas de los árboles, una masa oscura, sin relieves particulares, con un borde irregular que iba siguiendo la silueta del conjunto en sus contornos más elevados, igual que si hubiese sido el filo de un túmulo estirado y negro. Pero ese telón oscuro, que parecía recortado en cartulina rígida, cuidadosamente recubierta de tinta china, no era lo bastante grande como para cubrir la enorme mancha de luz roja contra la que se erigía. La luz, que en su expansión obcecada, al encontrar ese obstáculo debió estar acumulándose impaciente contra su reverso, se derramaba por los bordes de la silueta negra, haciéndolos cintilar, para diseminarse después, liberada aunque ya un poco exangüe, por el espacio entero, de modo que la lancha navegaba, no en el río del anochecer, sino en una penumbra rojiza, grave y extraña. Lancha, agua, vegetación, parecieron hechas de la misma substancia de un negror rojizo y un poco fosforescente –un flujo único de materia concretizándose, por unos momentos todavía, en muchas formas diferentes que la noche se disponía a igualar. Alzando la voz para que pudiera oírselo por sobre el ronroneo del motor, de un modo al mismo tiempo brusco y calmo, Tomatis empezó a recitar:

O frati, dissi, che per cento milia
perigli siete giunti a l'occidente,
a questa tanto picciola vigilia
d'i nostri sensi ch'è del rimanente
non vogliate negar l'esperïenza,
di retro al sol, del mondo sanza gente.
Considerate la vostra semenza,
fatti nos foste a viver come bruti,
ma per seguir virtute e canoscenza.

Al terminar, Tomatis emitió una exclamación discreta y satisfecha, y el silencio se instaló nuevamente. Quedó el ronroneo de la lancha que, en la proximidad del Yacht Club, buscando un lugar libre para atracar entre las embarcaciones amarradas a la orilla, empezó a aminorar. El riacho desemboca, a la altura del club, en el amplio brazo de agua que, en razón justamente de su anchura, los habitantes de la región en incluso los mapas llaman la laguna y sobre el que, brusca, termina la ciudad, a lo largo de seis o siete kilómetros de costaneras, playas, puentes en pie o derrumbados por el tiempo o la corriente, clubes náuticos, diques portuarios, depósitos, avenidas de circunvalación, ranchadas: hormiguero agolpado en el borde del laberinto chato y monótono de islas y agua, islas y agua. La anchura de la laguna, más allá de la cual empieza prácticamente el campo sin ningún arrabal de transición, forma un gran espacio vacío por encima del agua, de modo que cuando la lancha tuvo que seguir de largo, acelerando un poco, para avanzar hacia el centro de la laguna con el fin de dar más fácilmente la vuelta y regresar al atracadero del club donde el tripulante debía haber visto sin duda un lugar libre para amarrar, Pichón notó que el tinte rojizo se había desvanecido de las cosas y que ya era por fin de noche: una noche en el final del verano, como muchas otras en las que se había internado durante tantos años, y en la que palpitaban, más que en el día atareado y ruidoso, las presencias anónimas y arcaicas de la vegetación, del agua, del campo inculto que rodeaba la ciudad, de la fauna terrestre, acuática y volátil que reptaba por la tierra arenosa, nadaba en el silencio y en la oscuridad del fondo de los ríos, pululaba en los pantanos, se deslizaba con delicadeza y crueldad en sus expediciones nocturnas a través del campo y de las islas, haciendo chasquear el pasto, el aire, las ramas. Alzando la cabeza, Pichón ha podido ver, en un cielo todavía claro, donde los últimos vestigios violetas habían cedido bajo el azul generalizado, las primeras estrellas. En un fulgor instantáneo –el rumor del agua, más nítido que durante el trayecto porque el motor se había detenido revelando la tranquilidad de la noche, contribuyó sin duda a su clarividencia repentina– ha entendido por qué, a pesar de su buena voluntad, de sus esfuerzos incluso, desde que llegó de París después de tantos años de ausencia, su lugar natal no le ha producido ninguna emoción: porque ahora es al fin un adulto, y ser adulto significa justamente haber llegado a entender que no es en la tierra natal donde se ha nacido, sino en un lugar más grande, más neutro, ni amigo ni enemigo, desconocido, al que nadie podría llamar suyo y que no estimula el afecto sino la extrañeza, un hogar que no es ni espacial ni geográfico, ni siquiera verbal, sino más bien, y hasta donde esas palabras puedan seguir significando algo, físico, químico, biológico, cósmico, y del que lo invisible y lo visible, desde las yemas de los dedos hasta el universo estrellado, o lo que puede llegar a saberse sobre lo invisible y lo visible, forman parte, y que ese conjunto que incluye hasta los bordes mismos de lo inconcebible, no es en realidad su patria sino su prisión, abandonada y cerrada ella misma desde el exterior —la oscuridad desmesurada que errabundea, ígnea y gélida a la vez, al abrigo no únicamente de los sentidos, sino también de la emoción, de la nostalgia y del pensamiento.

Morvan estaba, como les decía, mirando por la ventana la caída de la noche que allá, en diciembre, alrededor de Navidad, llega rápido, cuando, después de golpear con firmeza a la puerta y sin darle tiempo a responder, sus tres principales colaboradores, el comisario Lautret y los inspectores Combes y Juin entraron en la oficina. Impenetrables en general y opacas para los extraños, la mayoría de las personas suelen ser transparentes para sus pares, por lo menos en lo que se refiere a sus intenciones inmediatas, así que antes de que sus visitantes abrieran la boca, Morvan se dio cuenta de que habían almorzado juntos y se habían puesto de acuerdo sobre lo que le venían a plantear, y que lo que le venían a plantear, con Lautret a la cabeza, estaba, Morvan lo sabía, en relación con la carta que había llegado en esos días no de la sede permanente de la Brigada Criminal, ni de la oficina del jefe de Policía, ni de la del prefecto de París, sino directamente del ministerio.

Con la intención de hacerla circular entre los policías del despacho especial.Morvan le había dado la carta a Lautret para que sacara fotocopias y las distribuyera, pero cuando los policías se inmovilizaron, parados cerca de la ventana pudo observar que la hoja que Lautret sacaba, plegada en cuatro, de su bolsillo, no era una fotocopia sino el original que le había dado. Descifrados sus eufemismos burocráticos y sintetizada en pocas palabras, la carta del ministerio decía más o menos que después de nueve meses de masacres, de actitudes incomprensibles, de gastos inútiles y de publicidad malsana, evocados en ese orden, se podía comprobar que los resultados eran inexistentes, de modo que había que esperar, en un futuro inmediato, pero eso estaba dicho de manera deliberadamente vaga y velada, una serie de cambios, traslados y sanciones.

Lautret desplegó la carta y la mantuvo un momento en el aire, sin leerla, sin extendérsela a nadie, sin siquiera mirarla o hacer algún comentario acerca de su contenido. Los cuatro hombres permanecieron inmóviles, y en silencio, enfrentándose unos a otros, parados cerca de la ventana, en la oficina iluminada de Morvan en la que, a causa de su gusto excesivo por el orden, no flotaba una sola mota de polvo, no había una sola hoja de papel en el cenicero ni en el cesto olvidado junto a su sillón, ni una ínfima lámina de ceniza atormentada en el fondo del cenicero. Sin ser físicamente parecidos, y a pesar de ligeras diferencias de edad, los cuatro hombres eran sin embargo semejantes, y sus rasgos comunes, si bien provenían de su vestimenta y de los automatismos de su profesión, se debían también a la época y a la civilización a la que pertenecían. Macizos y puramente exteriores, en plena madurez, transparentes como decía unos para los otros en lo relativo a las convenciones cotidianas, pero sordos y ciegos para el fondo impenetrable en el que los días frágiles que viven las civilizaciones hunden su raíz. Las vestimentas gruesas de invierno que les daban un espesor suplementario, compradas probablemente en los mismos negocios, debían ser más o menos del mismo precio, y si las del comisario Lautret daban la impresión de ser un poco más caras y ligeramente más llamativas, la diferencia provenía únicamente de una nota más alta en la misma escala de costos y de gustos. Los matices temperamentales no eran más definitorios de cada uno que las diferentes formas que puede asumir el follaje en plantas de una misma variedad. Extraños y familiares a la vez, eran sin embargo más sensibles a lo familiar que a lo extraño de cada uno. Y sus disidencias con el mundo en el que habían crecido eran todas de orden superficial, ya que en ningún momento, ni siquiera en los años turbados de la adolescencia, habían dejado de pensar y de sentir que el orden de ese mundo era inmutable. Daban por sentado que pertenecían a cierta civilización, y ese hecho era para ellos indiscutible, como las formaciones geológicas o la circulación de la sangre, y si alguien les hubiese dicho que el africano analfabeto que, abandonando su tribu, trata de entrar clandestinamente, después de semanas de privaciones en el vientre oscuro de un barco, en alguno de los países que dicen pertenecer a esa civilización, es más europeo que millones y millones de europeos, se hubiesen sentido, y no dudo un momento de su sinceridad, perplejos o indignados. Habiendo sido modelados durante siglos para considerarse a sí mismos como el núcleo claro del mundo, todos sus extravíos eran descartados cuando formulaban su propia esencia, lo que, por cierto, se olvidaban de hacer cuando definían la de los otros. Los cuatro respetaban la habilidad técnica, el éxito profesional, la destreza física y practicaban la solidaridad corporativa, el relativismo moral, y los fines de semana en el campo. Y si Morvan, o cualquier otro, debido a sus características personales, se apartaba de esas normas, lo hacía únicamente desde un punto de vista práctico, porque en lo íntimo de sí mismo seguían pareciéndole las leyes naturales de la existencia.

—Debería ser más amable con los que le vienen dando hospitalidad desde hace veinte años —dice Tomatis—. ¿No te parece, Pinocho?

—No tengo todavía opinión formada sobre ese punto —dice Soldi.

Pichón interrumpe su relato, pero es evidente que no le ha dado la menor importancia al comentario de Tomatis; más aún, es como si no lo hubiese oído y, por su expresión, los otros comprenden que su silencio de algunos segundos no tiene otro objeto que el de permitirle concentrarse todavía más en los detalles de lo que está contando, porque entrecierra un poco los ojos y echa atrás la cabeza, de modo que su calvicie, su frente, la punta de su nariz y su mentón cubierto de puntos rubiones de barba, que ya le han vuelto a aparecer a pesar de la afeitada minuciosa de la mañana, brillan húmedos al exponerse de un modo más directo a algunas de las luces del patio, adosadas en la altura a una pared blanca cerca de las cocinas, o colgadas en guirnaldas entre las ramas de las acacias gigantes o de los troncos de las palmeras. Como antes de proseguir Pichón se remueve un poco para acomodarse mejor en su silla, cuando cambia la posición de sus piernas las suelas de sus mocasines chasquean contra el piso rojizo de ladrillo molido. Como el patio, que ocupa toda una esquina, es bastante grande, separado de la vereda por una parecita de balaústres pintada de blanco, hay mucho espacio entre las mesas, y como no sopla ninguna brisa, las copas inmensas de las acacias y las hojas curvas afiladas de las palmeras, a causa de los focos que la iluminan desde varios puntos a la vez, haciendo alternar zonas claras y sombrías, brillan como láminas de mica, dando la impresión de pertenecer a un reino propio, cruza inconcebible entre el vegetal y el mineral. A la izquierda de Pichón, más allá de la parecita blanca de balaústres, después de la calle oscura, se levanta el edificio alargado de la Terminal de Ómnibus, en la que el movimiento, puesto que ya son cerca de las diez, se ha apaciguado un poco a causa de la hora. En el fondo del patio, más allá de las mesas diseminadas bajo los árboles, bajo la gran pared blanca, hay un bar, una cocinita y una parrilla, en rigor de verdad un largo cobertizo de ladrillos encalados, con las paredes laterales y dos tabiques en el medio para crear tres recintos independientes pero unidos por un techo común de paja. Tres o cuatro miembros del personal atraviesan, con las bandejas cargadas, los senderos de ladrillo molido que conducen a las mesas ocupadas. Eso es lo que él, Pichón, por encima y a los costados de los hombros de Tomatis, sentado enfrente suyo, está viendo en este momento: una especie de guarda o de fondo iluminado y en movimiento, que adorna el torso de Tomatis, ligeramente más brumoso que los objetos inmediatos, como una transparencia cinematográfica. La piel bronceada y la camisa azul oscuro, así como el pelo todavía obstinadamente negro y revuelto que se pega a las sienes debido al sudor, parecen todavía más oscuros por contraste con el decorado claro y móvil contra el que se recortan. Tomatis, en cambio, en la silla de enfrente, de espaldas a la parte central del patio, puede ver, detrás de la calvicie y de la camisa amarilla de Pichón, los rincones menos iluminados del terreno. Tomatis percibe, del otro lado de los árboles, la calle lateral que forma la esquina, más allá de la parecita lateral de balaústres blancos. Para estar más tranquilos, han elegido la última mesa, de modo que el fondo calmo y casi en penumbras contra el que se recorta el torso de Pichón hace resaltar y parecer todavía más vivos su bronceado claro, tirando a dorado, como suele dar la piel de ciertos rubios, y en todo caso, piensa Tomatis, idéntico al del Gato, y su camisa amarilla. Para adornar el patio con un toque de color local, o más precisamente de criollismo, una serie de ruedas de carros, pintadas de blanco y apoyadas en el suelo contra soportes de ladrillos blancos, están dispuestas paralelamente, a un metro de distancia más o menos, en todo el perímetro del patio, salvo en el lado que ocupan las cocinas, a la parecita blanca de balaústres. También las sillas y las mesas son de hierro blanco. Y en la altura, entre las guirnaldas de luces que realmente iluminan el patio, se entreveran otras guirnaldas de lamparitas de colores que, colgadas entre las hojas, parecen remedar sin demasiada gracia las verdaderas flores amarillas de las acacias, florecidas, marchitas, caídas, podridas, resecas y hechas polvo desde ya casi medio año.

Ocupando la esquina de la mesa, Soldi tiene Pichón a su izquierda y Tomatis a su derecha, de modo que, más allá de un par de ruedas de carro pintadas de blanco y de la parecita baja y blanca de balaústres, y más allá de la calle oscura, puede ver el edificio chato e iluminado de la Terminal de Ómnibus. De tanto en tanto, algún colectivo interurbano o algún taxi negro y amarillo pasan despacio por la calle oscura, entrando o saliendo de la terminal, y se pierden en la noche vacía y pegajosa. Los primeros tres vasos de cerveza –el vino les ha parecido inadecuado en una noche tan calurosa– que el mozo acaba de servir, y de la que los tres se han tomado inmediatamente un largo trago, descansan a medio vaciar entre los platitos de ingredientes, maníes con su cáscara, lupines, cubitos de queso y de mortadela. Unos segundos después de haber sido volcada en las entrañas tenebrosas, la cerveza ha parecido querer escaparse otra vez al exterior, en forma de gotas gruesas de sudor que les han brotado en la frente y el cuello, deslizándose por entre los pliegues ardientes de la piel. Soldi siente la barba húmeda y apelmazada. A pesar de que están los tres juntos, sentados a la misma mesa, a causa de la posición diferente que ocupan en ella, tal vez más tarde, cuando la noche que comparten les vuelva a la memoria, no tendrán los mismos recuerdos. Es obvio que también del relato de Pichón cada uno tendrá una visión diferente, no únicamente Soldi y Tomatis, sino sobre todo Pichón, que nunca podrá verificar el tenor exacto de sus palabras en la imaginación de los otros. Pero de todas maneras, habiendo dejado disiparse en el aire tibio durante unos segundos los comentarios irónicos de sus oyentes (el de Soldi quizás forzado por la pregunta de Tomatis), entrecerrando los ojos y echando atrás la cabeza, Pichón sacude de un modo enigmático la mano por encima de su vaso de cerveza semivacío y continúa:

Sin hacer ningún gesto,Morvan esperó que Lautret se decidiera a hablar. En realidad, ya había adivinado lo que se disponía a oír, pero para calmar a sus colaboradores y darles el sentimiento de que los cuatro formaban un equipo unido y eficaz simulaba un interés inmenso. El papel que Lautret venía desempeñando de portavoz del despacho ante el periodismo y el público se prolongaba en ese momento en el recinto de la oficina, y a Morvan lo divertía el aire oficial que Lautret, su amigo de toda la vida, acababa de adoptar para decirle lo que él mismo pensaba de esa carta del ministerio: que sólo los burócratas alejados del campo de operaciones son lo suficientemente inexperimentados y obtusos como para creer que recomendaciones y amenazas pueden modificar el curso de los acontecimientos. El papel de portavoz de Lautret se justificaba en parte, porque aunque debían pensar lo mismo que él, Combes y Juin nunca se hubiesen atrevido a argumentarlo ante Morvan.Al respeto que le tenían al comisario se sumaba también una especie de conformismo según el cual, si bien no creían en la pertinencia de las amenazas, las tomaban al pie de la letra por provenir de sus superiores. Dicho de otra manera ellos, que sabían de sí mismos y de todo el despacho especial que venían trabajando sin descanso, día y noche, desde hacía nueve meses, incapaces de mostrar su descontento como no fuese a través de la reacción de Lautret, apreciaban menos la justicia que las jerarquías. También había algo de histriónico en la actitud de Lautret, en el formalismo excesivo de sus protestas ya que, teniendo en cuenta la amistad que como se dice los unía, hubiese podido venir a hablar del problema de un modo más informal, y Morvan empezó a preguntarse si, habiendo tomado la carta del ministerio más en serio de lo que confesaba, Lautret, considerando que los traslados y sanciones en el despacho especial eran inevitables, capitaneando a sus subordinados, no se preparaba ya a substituirlo a la cabeza del despacho. No hay que olvidar que, en tanto que portavoz oficial, Lautret tenía, para la prensa y el gran público, más notoriedad que Morvan, que trabajaba, más por temperamento que por obligación, en una penumbra discreta. Pero esa sospecha, que lo dejaba indiferente, y no sólo porque en su fuero íntimo no creía en ella, se disipó de inmediato cuando, sin la menor transición, Lautret depuso su supuesta indignación, se echó a reír a carcajadas, y ante la mirada perpleja de sus tres interlocutores, empezó a romper, con saña y lentitud, la carta del ministerio hasta que la hizo, como se dice, mil pedazos.

A pesar de su risa franca, amplia, divertida, que lo hacía sacudirse entero, percibían algo impenetrable en su cara bruscamente desconocida, y como a medida que los pedazos iban haciéndose más chicos el espesor del papel que debía romper, aumentando, lo volvía más resistente, la risa injustificada y excesiva de Lautret se deformaba en muecas movedizas por el esfuerzo que le exigía lo que estaba haciendo. Sin perder la calma, Morvan lo estudiaba, menos escandalizado que alerta. A pesar de su risa espontánea, la violencia desproporcionada y sobre todo súbita de Lautret, revelando una especie de incongruencia, ponía en funcionamiento en el comisario la curiosidad intrigada, que era en él como un instinto o un reflejo, y que lo había inducido a hacerse policía. Lautret lo tenía acostumbrado a la violencia e incluso a la brutalidad, pero siempre había considerado el uso que su amigo hacía de ellas como una técnica destinada a obtener resultados precisos y en la que, por decirlo de algún modo, únicamente el policía estaba presente, sin ninguna participación de la persona. Los dos inspectores daban la impresión de estar lamentando la visita a la oficina del comisario, de modo que Morvan, para tranquilizarlos, haciendo un esfuerzo por superar su propia perplejidad, empezó a sonreír sacudiendo la cabeza. Exactamente en el mismo momento Lautret, con un ademán rápido y eficaz, arrojó el montón de papelitos al aire, por encima de las cabezas de sus colegas. Una lluvia lenta de papelitos blancos, diseminándose en el aire después del envión enérgico de Lautret, empezó a flotar en la pieza iluminada, cayendo hacia el piso, y como muchos papelitos giraban sobre sí mismos mientras se dejaban atraer, sin demasiado apuro, a causa de su peso escaso, por la fuerza de gravedad, el espacio vacío entre los cuatro hombres parados frente a frente, se llenó de una agitación silenciosa y blanca, algo inconsecuente respecto de la tensión psicológica que se percibía en la oficina y Morvan, que, sin saber por qué, miraba como hechizado el torbellino delicado y mudo, giró despacio la cabeza hacia la ventana y vio primero los papelitos blancos reflejados en los vidrios helados, y cuando se concentró más en lo que estaba viendo, aunque al principio le costó creerlo, pudo comprobar con asombro que más allá de los vidrios, entre las ramas desnudas de los plátanos, y por todo el aire azul y gélido del anochecer de invierno, la lluvia de papelitos blancos se había generalizado, y recién después de una fracción de segundo de confusión, durante la que hubiese atravesado un universo mágico, comprendió que afuera estaba nevando.

Cuando los otros salieron de la oficina, Morvan se quedó un rato mirando caer la nieve, hasta que oscureció por completo y los copos que caían, por momentos oblicuos y plácidos y por momentos en remolinos furiosos, se volvieron a causa del contraste con la noche, más brillantes y más blancos. A pesar de que muchos bares y negocios seguían iluminados, ya casi no había gente por la calle. Aunque el último dios de Occidente se encarnó como dicen en este mundo y se hizo crucificar a los treinta y tres años, con el fin de que las grandes tiendas, los supermercados y las casas de artículos para regalos multipliquen su volumen de ventas el día de su cumpleaños, sus adoradores, que han substituido la plegaria por la compra a crédito y la veneración de los mártires por la foto autografiada de algún jugador de fútbol, que no esperan más milagros que un viaje para dos personas en el sorteo de los juegos televisivos, habían desertado a causa del mal tiempo los únicos lugares de culto que frecuentan con regularidad y sin ningún atisbo de hipocresía, las zonas comerciales.

Mirando las calles oscuras y desiertas, la nieve que caía en remolinos formando una aureola irisada alrededor de los focos del alumbrado público,Morvan presintió que la sombra que venía persiguiendo desde hacía nueve meses, inasible a pesar de su proximidad angustiosa, estaba poniéndose otra vez en movimiento, decidida a golpear.

Antes de salir juntó, con paciencia y meticulosidad, todos los pedacitos de papel blanco y los puso en un cenicero de metal que nunca había servido.Como se habían diseminado por toda la pieza, a causa de su liviandad tal vez y, se le ocurrió, de la respiración expectante de los cuatro policías que turbaba, acelerándose, sin que se diesen cuenta, el aire alrededor, tuvo que gatear un poco por la oficina para recogerlos a todos, debajo del escritorio o de las sillas, dos o tres inexplicablemente en la otra punta de la pieza e incluso tres o cuatro que habían caído en el cesto vacío de papeles y tan limpio de polvo, o de cualquier otra suciedad, que hubiese podido cocinar en él. Cuando terminó de amontonarlos en el cenicero, y después de pegarle una última revisada a la pieza para verificar que no había dejado ninguno por juntar, se quedó un momento pensativo con el cenicero en la mano hasta que por fin, en vez de volver a dejarlo sobre el escritorio, abrió un armario de metal y lo guardó adentro. Después se puso el sobretodo, el sombrero y los guantes, y salió a la calle.

Aunque ya era bastante tarde, muchos negocios seguían abiertos en razón de las fiestas, y aunque todavía pasaban muchos coches por el bulevar, la nieve amortiguaba todos los ruidos. Únicamente el chasquido de sus zapatos contra la capa de nieve que se iba espesando en la vereda, acompañaba, rítmico, la caminata de Morvan. Encaminándose primero hacia la plaza León Blum, la recorrió en todo su perímetro, mirando con discreción, sin pararse, el interior de los bares y de los negocios iluminados y en su mayor parte semivacíos o vacíos. En el Burguer King, como ya era bastante tarde, la clientela de niños y de adolescentes había desaparecido, pero dos o tres adultos, solitarios y agobiados, sacaban con los dedos papas fritas de una caja de cartón y se las llevaban distraídos a la boca. En el bar Le Relais du XIeme ya habían puesto las sillas sobre las mesas y un empleado estaba barriendo la sala. Morvan sentía la nieve depositarse en su sombrero, penetrar el paño de su sobretodo a la altura de los hombros. Si alzaba la cabeza, unas puntas afiladas y frías le acribillaban la piel de la cara. Avanzaba encogido entre los remolinos blancos de copos que el viento desgarraba, dándoles muchas formas, tamaños y consistencias diferentes, que iban desde el puñadito blando y clásico semejante a un pedazo de algodón, pasando por las gotas e incluso las astillas de nieve tan dura y brillante que ya era hielo, hasta el polvillo blanco que flotaba entre los copos y que espolvoreaba la respiración penetrando hasta los pulmones como una nubecita en suspensión de cocaína helada. Morvan cruzó la rue de la Roquette y se dirigió al supermercado, parándose en la entrada y contemplando el local a través de las puertas vidrieras. El vigilante privado, que lo conocía, parado cerca de la entrada, en el interior, le hizo una seña amistosa con la mano. Morvan respondió con un sacudimiento de cabeza. Entre la larga hilera de cajas, varias ya estaban cerradas, pero en las que funcionaban todavía, algunos clientes hacían cola esperando su turno para pagar la mercadería que llenaba los carritos de metal o los canastos de plástico rojo del supermercado. En una de las cajas, una anciana bien vestida, con dos botellas de champagne en los brazos, esperaba detrás de un hombre joven, de barba rubia, que estaba pagando su compra. Morvan se quedó un momento indeciso en la vereda, pero después de hacerle un nuevo signo con la cabeza al vigilante, siguió su camino.

Avanzó un trecho por la avenida Parmentier y, doblando por la rue Sedaine, pasó detrás del edificio del municipio, cruzó el bulevar Voltaire, y se internó en las calles estrechas y cortas, muchas de ellas sin salida, que se abren a los costados de la rue de la Roquette, de la rue Sedaine, y de otras calles largas y frecuentadas durante el día, como la rue de Charonne o la rue du Chemin Vert, que, cortando el bulevar Voltaire, llevan del cementerio del Père Lachaise a la Bastilla. A medida que entraba en la noche, el silencio crecía, las luces de los negocios e incluso las de los departamentos se iban apagando, y el espesor de la nieve aumentaba, acolchando hasta el ruido de sus pasos en las calles irreales y oscuras de la ciudad fantasmática. Las bolsas de basura, de plástico azul o negro, amontonadas en los cordones de las veredas, se endurecían como cadáveres y la nieve que caía se acumulaba en sus pliegues y en sus anfractuosidades. A pesar de las solapas del sobretodo levantadas, Morvan sentía la nieve en polvo penetrar en sus fosas nasales y el aire helado enfriarle las orejas, la frente, y la punta de la nariz. El frío lo adormecía o, mejor, parecía poner una distancia cada vez más grande entre él y las cosas. De un modo gradual, la ciudad desierta, empezó a parecerse a la de su sueño. La densidad de la nieve estrechaba el círculo de lo visible, y los restos de ciudad que flotaban a su alrededor parecían emerger de una bruma grisácea y espesa que se confundía con lo negro. La cortina turbulenta de nieve que caía daba la sensación de aumentar el silencio, paradójica puesto que ante los cuerpos blancos que caen, la vista nos prepara, como con la lluvia o el granizo, no a la ausencia inhabitual de sonido sino al estruendo.Durante un buen rato, y a pesar de lo familiares que eran para él debido a las rondas frecuentes que daba por ellas desde hacía meses, anduvo por calles oscuras de las que no sabía cómo salir y que no lograba reconocer. A pesar del frío, caminó tanto por la ciudad desierta que en determinado momento empezó a sentir calor, y hasta unas gotas de sudor que le brotaban en la nuca y bajaban hacia el cuello. La inminencia de algo terrible lo agitaba, no de un crimen, sino de una revelación —algo que presentía desde hacía meses pero que no se atrevía a formular de un modo claro por temor tal vez de que esa formulación, por lo atroz de su significado, arrebatándole los últimos vestigios de esperanza, no lo arrojara al fondo definitivo de la noche. Su caminata duró horas, y del mismo modo que cuando practicaba con exceso algunos deportes, al cabo de un momento entró en una especie de trance, una suspensión duradera de la conciencia que tenía su lado agradable, pero que lo separaba del mundo de la vigilia y le impedía reconocer lo familiar. A causa tal vez del contraste entre la temperatura de su cuerpo y el aire helado del exterior, en un determinado momento empezó a tener escalofríos –experimentaba a menudo esa sensación–, y como a la vuelta de una esquina vio brillar a lo lejos la cruz de neón verde de una farmacia contra la que pasaban, oblicuos, los copos de nieve, apuró el paso en esa dirección, con el propósito de comprar un tubo de aspirinas. La farmacia estaba vacía, y el farmacéutico salió del fondo del negocio con aire soñoliento y lo atendió casi sin pronunciar palabra, pero cuando le dio los billetes del vuelto, Morvan pudo comprobar que la imagen de la Gorgona, encerrada en el óvalo de una guirnalda pueril, estaba impresa en ellos. Quiso darse vuelta para decirle algo al farmacéutico, pero cambió de idea y, encogiéndose de hombros, emitió una risita sarcástica para hacer notar lo absurdo que le parecía ese homenaje. Cuando salió a la calle y empezó a acomodar el vuelto en la billetera, sacó los billetes que llevaba y comprobó que también en ellos Escila y Caribdis, Gorgona, Quimera en los más grandes, estaban retratadas dentro de la incalificable guirnalda en óvalo. Bajo la cruz verde de neón que titilaba, tiñendo a su alrededor los copos de nieve que adquirían un tinte verde pálido, como coágulos de cloro, Morvan comprendió que, de un modo incomprensible, sin saber exactamente cómo ni en qué momento, de tanto caminar en la nieve, había pasado al otro mundo, en el que las cosas, sin ser demasiado diferentes a las de la vigilia, ya no eran las mismas y le producían una intranquilidad creciente, muy semejante a la angustia. Todo era más grande, más silencioso y más lejano. Seguía nevando, pero la nieve era gris. En una plazoleta en la que se encontró de golpe, sin saber cómo había llegado hasta ahí, se topó con uno de esos extraños monumentos, de los que no podía decir si la ambigüedad de lo que representaban era voluntaria o, a causa de la antigüedad de la piedra, resultado de la erosión: ser humano gigantesco, monstruo alado, centauro, pulpo, figura ecuestre o mamut. Podía ser un monumento religioso, porque tal vez en ese territorio sin nombre, era al dios de lo indiferenciado que se le rendía culto. Más perplejo que aterrado, siguió su camino, avanzando despacio a través de la cortina de nieve gris, cuando de pronto, en algún punto de la ciudad inmensa y vacía, empezaron a sonar unos golpes, insistentes y lejanos. Se paró un momento para precisar mejor el lugar de donde provenían, y cuando le pareció haberlo fijado orientó sus pasos en esa dirección, que debía ser la correcta porque los golpes se hacían cada vez más fuertes, hasta que, cuando los sintió muy cerca, pudo oír una voz perentoria que lo llamaba: *¡Comisario! ¡Comisario!*

Abrió los ojos. Le dolía la cabeza. Ya habrán adivinado que estaban golpeando a la puerta, y que lo sacaban de un sueño. Había dormido, como acostumbraba a hacerlo cada tanto, en una de las piecitas del despacho especial destinadas al descanso de los funcionarios que se quedaban de guardia. La pieza tenía la exigüidad y la carencia de todo lo superfluo que congeniaban perfectamente con el carácter austero de Morvan: una cama turca, una mesita de luz, un sillón, una mesa, un armario y un par de sillas. Daba a un patio trasero, angosto y cegado por paredes altas y sin ventanas, de piedra gris ennegrecida por la intemperie. Prendiendo el velador,Morvan se sentó en la cama y comprendió que se había dormido vestido, sin el saco, pero con el pullóver y el pantalón e incluso con los zapatos puestos, lo cual no lo asombró mucho, porque sabía ocurrirle de tanto en tanto, sobre todo cuando dormía en el despacho –esas veces en que un sentimiento inquietante de inminencia lo invadía, como el día anterior en que, de vuelta del almuerzo, mirando a través de los vidrios fríos de su oficina las ramas peladas de los plátanos, había tenido la certeza de que la sombra que venía persiguiendo desde hacía tantos meses, inmediata pero inasible, igual que su propia sombra, saliendo de su desván recóndito y oscuro, movida por su impulso repetitivo y funesto, como una sierra sinfín puesta en marcha desde el origen del tiempo, se disponía a golpear.

El que llamaba con insistencia a la puerta era un agente de servicio que había recibido una alerta telefónica: la portera de un edificio en la rue de la Folie Regnault, inquieta porque la anciana que debía acompañar al hospital esa mañana para una visita médica no contestaba ni al timbre ni al teléfono, pedía que le mandaran a un policía para abrir la puerta, porque ella sola por su cuenta no se atrevía a entrar en el departamento. Morvan miró su reloj pulsera, y aunque marcaba las siete y diez, cuando abrió las cortinas azules que tapaban la ventana, comprobó que todavía era noche cerrada. En todas las salientes de las paredes, en lo que alcanzaba a distinguir de los techos y en el piso del patio exiguo, igual que en el reborde de la ventana, la nieve blanca, bien real, se había acumulado irradiando una luminosidad cristalina en la mañana negra de diciembre.

Su único desayuno fue el vaso de agua en el que disolvió la aspirina efervescente, guardándose otra vez el tubo en el bolsillo del sobretodo por si debía quedarse mucho tiempo en el departamento que iban a inspeccionar. Cuando el agente que manejaba a su lado quiso hacer funcionar la sirena, Morvan lo disuadió con un ademán silencioso. La nieve cubría las veredas, las plazoletas, las cornisas, las ramas desnudas de los árboles de las que colgaban estalactitas largas y afiladas como cuchillos de vidrio. En la calle, como muchos autos circulaban desde temprano, se habían abierto huellas de nieve resuelta y sucia, que despertaban en Morvan asociaciones íntimas y recientes, sin darse cuenta de que esas asociaciones le venían de la afinidad que tenía la nieve sucia de la calle con los copos grises de su sueño. La portera espiaba su llegada con ansiedad evidente, detrás de la ventana de su cuarto, en la planta baja. Aunque debía tener unos cincuenta años, y a causa de una vida difícil representaba un poco más, al verla detrás del vidrio, los ojos demasiado abiertos, el pelo negro visiblemente teñido y todavía revuelto que el sobresalto matinal no le había dado tiempo para arreglarse, el cuerpo espeso de matrona cubierto con un salto de cama acolchado, Morvan calculó con pertinencia horrible y también con alivio que, si su suerte dependía del hombre, o lo que fuese, a quien tanto le gustaba despedazar ancianas, le quedaba mucho tiempo por delante ya que, como lo demostraba la experiencia, parecía todavía demasiado joven para el tormento. Recién cuando estuvieron él y el agente junto a la entrada, oyeron el chirrido del portero eléctrico y, empujando la puerta pesada y trabajada, con agarraderas de bronce –el edificio no había perdido su nivel en el siglo de vida que ya debía estar por cumplir– entraron en el zaguán oscuro, donde ya estaba esperándolo la portera con las llaves en la mano.

Subieron la escalera hasta el cuarto piso y, jadeando, esperaron que la portera, con cierta dificultad, abriera la puerta dando una doble vuelta de llave para liberar la cerradura. Sin entrar en el departamento, Morvan estiró el brazo hacia un costado, palpando la pared interior junto a la puerta, buscando la llave de la luz, y cuando tocó la protuberancia afilada del interruptor, hizo presión con la yema del índice y encendió la luz de la entrada. Era una antesala exigua con un espejo, una percha y una mesita angosta de patas torneadas, adosada a la pared debajo del espejo. Una *moquette* verde claro, recorrida sin duda con frecuencia por una aspiradora minuciosa, cubría el piso de ese recinto reducido, y probablemente de todo el departamento, excepción hecha del baño y de la cocina. Sin moverse del umbral, Morvan inspeccionaba la antesala, mientras el agente y la portera trataban de espiar el interior por encima de su hombro.

–Mire –le dijo Morvan al agente, haciéndose a un lado para mostrarle algo: a mitad de camino entre la puerta cerrada enfrente, que llevaba a las habitaciones interiores y la puerta abierta en cuyo hueco estaban los tres parados, prácticamente en el centro de la antesala exigua, en el suelo, resaltando contra la moquete verde claro, había un pedacito de papel blanco, no más grande que una moneda de veinte centavos.

Estoy seguro de que el agente atribuyó la palidez de Morvan, súbita y verdaderamente poco común, al hecho de que el comisario se había acostado tarde, mucho después de medianoche –el agente lo sabía porque había retomado el servicio a las doce y lo había visto entrar en el despacho especial bastante tiempo después, con su habitual expresión abstraída, amable y distante a la vez, el sombrero y los hombros del sobretodo cubiertos de nieve. Pero también debe haberle llamado la atención el hecho de que, durante una buena cantidad de segundos, clavó la vista en el pedacito de papel, inclinando un poco la cabeza hacia el hombro izquierdo, y se quedó mirándolo, como fascinado. Después se volvió hacia el agente y la portera y dijo, con tono oficial, casi solemne, como si los tomara de testigos:

–Ahora procedemos a entrar en el departamento.

Y cruzando el umbral, penetró en la antesala diminuta y se arrodilló en el suelo, sin dejar de mirar un solo instante el papelito blanco que resaltaba contra la *moquette* verde claro. De su billetera sacó un sobrecito de plástico transparente, del tamaño de un paquete de cigarrillos –tenía varios cuidadosamente plegados en un compartimento de la billetera y, haciendo presión con los dedos sobre los bordes rígidos de la parte superior para abrirlos, apoyó la abertura del sobrecito en la *moquette* a unos pocos milímetros del papelito blanco. Después, con el índice enguantado de la otra mano, empujó el papelito hacia el interior del sobre hasta que lo hizo entrar, de modo que dejando de hacer presión con el índice y el pulgar de la mano izquierda sobre los bordes rígidos de la abertura, hizo que la abertura se cerrara sola y, sacudiendo la mano enguantada para que el papelito se deslizara hacia el fondo del sobre, cuando consideró que estaba bien guardado se metió el sobre en el bolsillo. Después avanzó unos pasos, abrió la puerta que llevaba al interior del departamento, echó una mirada y, dándose vuelta, le dijo a la portera que bajara a su cuartito en la planta baja y que no se moviera de ahí. Sin haber visto todavía lo que había en el interior, el agente comprendió que un día difícil acababa de comenzar para el despacho especial y que él, por suerte, como había estado de guardia toda la noche, no tardaría en ser relevado.

En contraste con la piecita de la entrada, en el salón de estar reinaba un desorden que, para ser preciso, tendría que calificar de encarnizado. El azar puede ser devastador, pero nunca es metódico ni meticuloso. Y aunque es verdad que, desde cierto punto de vista, todo lo que se refiere a los actos humanos es locura, sería prudente reservar esa palabra para designar algo específico y que es, no extraño a la razón, sino el resultado de una razón propia que ordena el mundo según un sistema de significaciones sin fisuras, y por eso mismo impenetrable desde el exterior. Morvan sabía que la puesta en escena que se desplegaba en la habitación tenía un sentido para el que la había organizado, pero ese sentido nunca se haría evidente a nadie que no fuese su propio organizador. Había casi demasiado sentido, infinitamente más de la cantidad irrisoria que una mente ordinaria se resigna a aceptar del mundo opaco y casi mudo: y en ese orden propio, las cosas, retiradas de sus fines habituales, simbólicos o prácticos, eran reintegradas con un signo diferente, igual que esos objetos de la civilización técnica que, cuando se pierden en la selva, son recuperados por una tribu ignota e inscriptos en la evolución necesaria de una cosmografía que existe desde la noche de los tiempos y que pretende haber previsto, en un punto exacto del porvenir, la aparición ineluctable de esos objetos.

Como las figuras de ciertas esculturas que emergen fragmentarias pero reconocibles, de la piedra bruta, del caos de sillas dadas vuelta, de vajilla rota, de libros dispersos y deshojados, de quemaduras, de manchas de salsa, de ceniza, de sangre, de excremento, de ropa desgarrada, de lámparas caídas y de sillones reventados a puñaladas de los que brotan resortes retorcidos y borbotones de estopa, quedaban signos legibles de lo que había sucedido la noche anterior. Había habido una cena para dos personas y, probablemente después de la cena, una partida de cartas, ya que las cartas estaban todavía dispuestas sobre una mesita, en la que había también dos copas de cognac milagrosamente intactas y unas fichas de colores que servían para marcar los puntos. La ceremonia habitual de esa religión en la que el oficiante era también el dios y el demiurgo, la doctrina y la interpretación, la iglesia y el creyente, la redención y el castigo, el alfa y el omega en una palabra, había interrumpido la partida de cartas en el momento en que la víctima propiciatoria iba ganando justamente, a juzgar por el montoncito de fichas que había de su lado, y que era su lugar podía ser deducido de modo inequívoco por el estado del sillón dado vuelta en el suelo de ese lado de la mesa, y por las gotas de sangre que manchaban el montoncito de fichas ganadoras. En cuanto a la viejecita número veintiocho, estaba tendida en la misma mesa en que había servido la cena, a juzgar por la vajilla rota, los restos de rosbif, de papas al horno, de queso, de ensalada y de torta de chocolate que decoraban el suelo alrededor de la mesa. Morvan dedujo que, a causa de sus huesos fatigados, de sus dolores frecuentes de piernas y de caderas, de su corazón frágil y de sus pulmones apelmazados por un principio de enfisema, la dueña de casa, para no tener que levantarse a cada rato, había preferido depositar todos los platos del menú en una punta de la mesa y reservar la otra para la cena propiamente dicha, lo cual le permitía ganar en reposo y en intimidad. Decir que en vida debió haber tenido un buen pasar en razón del aspecto más que confortable que presentaba de modo evidente el departamento antes del huracán, que tal vez gozaba de una buena jubilación e incluso de rentas jugosas, es perder el tiempo en detalles superfluos, en nimiedades, teniendo en cuenta su aspecto en ese momento, tan poco afín con cualquier idea de extracción social y aun de ente morfológicamente humano. Ya desde antes de haberla sometido a la labor del cuchillo, el demiurgo meticuloso, al designarla, probablemente por puro azar, en uno de esos cruces imprevisibles que crean la oportunidad, como objeto de su ritual, la había despojado de todo rasgo concreto, carne, nervios, sentimientos, memoria, acordándole únicamente la posibilidad de ser durante una noche la encarnación tangible de un principio contra el que él estaba en guerra total. En vida había sido más bien delgada, y tal vez hermosa cuando joven, y, sin duda, a pesar de sus años, en pleno invierno, debía pagarse sesiones de bronceado integral en algún instituto de belleza porque, aunque arrugada, tenía la piel parejamente oscura, de un color más bien agradable, en la que la palidez de la muerte no había logrado filtrarse. Pero, y disculpen mi insistencia, también sobre la palabra muerte habría que ponerse de acuerdo, y si aceptamos que únicamente al sujeto le es acordado el privilegio de morir, a esa altura de los acontecimientos la noción misma de muerte desaparecía. El hombre, o lo que fuese, la había atado a la mesa, boca arriba, un hilo grueso a la altura de la frente, que pasaba por debajo de la mesa y que mantenía la cabeza inmóvil, otro a la altura de los muslos y un tercero que inmovilizaba los pies. Le había tapado la boca con cinta adhesiva para impedirle gritar y después, viva probablemente, le había abierto con el cuchillo eléctrico que todavía seguía enchufado un enorme tajo que iba desde la garganta hasta el pubis. Después había dado vuelta los labios de la herida hacia afuera, de modo tal que por la forma la herida semejaba una enorme vagina —era difícil saber si esa había sido la intención del artista que había trabajado la carne, pero era más difícil todavía evitar de hacer de inmediato la asociación. Desangrado, con las vísceras afuera, a causa de las arrugas también, el cuerpo parecía más una muñeca de plástico desinflada, o, mejor todavía, la cáscara oscura de un fruto descompuesto mucho tiempo atrás, o, y tal vez esta sea la mejor comparación, una bolsa de arpillera vacía, de la que una mano furiosa acababa de vaciar el contenido de estopa para diseminarlo al voleo por el salón.

Mientras el agente, obedeciendo a una orden de Morvan, llamaba desde el dormitorio al despacho especial, Morvan inspeccionó el departamento. En un ángulo del salón encontró una botella de champaña vacía, que debía haber rodado por el piso cuando el asesino acostó a su víctima en la mesa de operaciones. En la cocina había bastante orden, salvo que el cajón de los cubiertos estaba abierto y que en la pileta se amontonaban fuentes y platos sucios que la dueña de casa había sin duda dejado provisoriamente ahí para pasarlos al lavaplatos cuando la visita se hubiese retirado. La heladera no contenía gran cosa: manteca, un cartón de leche, huevos, cuatro yogures desgrasados y una botella de champaña de reserva. También el dormitorio estaba en orden –el agente ya había terminado de hablar con el despacho especial– de modo que Morvan echó una mirada rápida y se dirigió al baño donde, después de encender la luz, se detuvo más tiempo. No había ningún indicio preciso, aparte de que la ducha había sido utilizada recientemente, pero sólo el laboratorio podría determinar por quién y en qué circunstancias, y sin embargo Morvan tenía en ese lugar la sensación de proximidad y de inminencia que tanto lo angustiaba. Examinó las instalaciones, el lavabo, el bidet, la bañadera, el botiquín, el espejo, con un interés tan reconcentrado que fue recorriendo centímetro a centímetro la superficie pulida que lo reflejaba sin reparar en su propia imagen que, puesto que sus miradas no se encontraron ni una sola vez, parecía tan indiferente de él, como él lo era respecto de ella. Estaba seguro de que era en ese cuarto recubierto de azulejos blancos que brillaban a la luz eléctrica demasiado viva, y que de manera un poco más confusa que el espejo reflejaban lo que ocurría frente a ellos, que el hombre, o lo que fuese que después iba al salón a atormentar a sus víctimas, se metamorfoseaba en monstruo, que era probablemente ahí donde se desnudaba plegando con cuidado su vestimenta para que no quedara en ella ningún rastro de la ceremonia, y que era ahí adonde volvía para ducharse y vestirse, y salir después a la calle cerrando tras de sí la puerta con doble llave, restituido a la envoltura humana que le servía para traspapelarse en la muchedumbre. En ese paréntesis de desnudez se liberaba en él lo que en la monotonía de los días grises y sin salida permanecía adormilado, oscuro, apelmazado, y el cuarto de baño era el lugar sacrosanto donde el dios desconocido, habiéndolo elegido por alguna razón misteriosa entre esa muchedumbre casi infinita que se le parecía tanto, se encarnaba en él.

Combes vino solo al cabo de un rato con el médico, el fotógrafo, los hombres del laboratorio y el resto del personal, porque Lautret estaba ausente y Juin comenzaba su servicio recién después de mediodía. Lacónico, un poco distante, Morvan le explicó lo que sabía y lo dejó encargado del resto de las operaciones. Él volvería a su oficina hasta la hora de almorzar. En la planta baja, la portera, acompañada de una agente femenina, lloraba, la cabeza apoyada en la palma de la mano, el codo en la mesa, estrujando un pañuelito de papel en la otra mano que descansaba en su regazo. Morvan, pasando junto a la puerta abierta, simuló no verla y salió a la calle. Ya eran casi las ocho y media, pero el aire seguía todavía oscuro, azulado, aunque ya se anunciaba el gris uniforme que iba a instalarse hasta el anochecer. Morvan empezó a bajar por la rue de la Roquette en dirección a la plaza León Blum. En algunos tramos de la vereda, la capa de nieve estaba todavía intacta, y Morvan la sentía bastante dura bajo las suelas de sus zapatos, pero sus huellas se iban marcando sobre la materia blanca y crujiente. Como había una especie de bruma baja, el cielo propiamente dicho no era todavía visible, de modo que cuando Morvan levantó la cabeza para estudiarlo, no pudo decidir si volvería o no a nevar. Los negocios de alimentación, verdulerías, carnicerías, panaderías, cremerías, ya habían abierto, pero muchos estaban todavía vacíos, de modo que con sus empleados inmóviles detrás de los mostradores, y sus mercaderías acomodadas de un modo casi preciosista en vidrieras y vitrinas, los locales iluminados parecían más las maquetas tamaño natural de sí mismos que verdaderos negocios, y las puertas de vidrio cerradas a causa del frío exterior acentuaban esa ilusión. Morvan entró en el bar Le Relais y, acodado en el mostrador, tomó un café con leche en el que fue mojando, con precauciones exageradas para no mancharse, una medialuna. Un desasosiego mortal acababa de invadirlo, una tristeza sin nombre, desesperada, como un cansancio físico, y tan súbita y desconocida para él que, echándose un poco hacia atrás el sombrero, se tocó la frente con el dorso de la mano para ver si no tenía fiebre. Pero a pesar de la temperatura elevada que había en el bar, la piel de su frente estaba fría. Al cabo de unos minutos, el estado se disipó, dejándole en los miembros una especie de blandura, que atribuyó al cansancio y a los acontecimientos que lo habían sacado bruscamente de la cama. Después salió del bar, y cruzó la plaza. Las lamparitas de adorno de la municipalidad y del bulevar Voltaire estaban todavía encendidas, y sin duda seguirían estándolo todo el día, y probablemente lo que quedaba del mes, a causa del día sombrío que comenzaba.Morvan entró despacio en el despacho especial, dio algunas órdenes al personal de servicio, y se encerró en su oficina.

Cerró la puerta con llave, se sacó los guantes, el sombrero, el sobretodo, los acomodó cuidadosamente sobre una silla y después, sin encender la luz, se dirigió a la ventana. De las ramas peladas de los plátanos colgaban puntas afiladas de hielo, y la nieve recubría la parte superior de los troncos. Vistas desde arriba, las veredas emitían vibraciones azuladas y ya los pasos de los primeros peatones empezaban a revolver la nieve y a crear en medio de la vereda un reguero atormentado y sucio. La nieve intacta en algunos tramos de las veredas y de las calles, y en los rebordes de las fachadas y de las ventanas, las masas blancas inmaculadas, lo hicieron pensar otra vez en el toro intolerablemente blanco del libro de mitología de su infancia, que su padre le había traído de regalo de regreso de uno de sus viajes, y del que nunca se había desprendido, y que le gustaba todavía hojear de vez en cuando; el toro con las astas en forma de medialuna, que después de haberla raptado en una playa de Tiro o de Sidón, ya no se acordaba, simulando primero mansedumbre para hacerla entrar en confianza, apenas la tuvo sentada en su lomo musculoso, llevó a la ninfa por mar hasta Creta y la violó bajo un plátano, lo que dio lugar a la promesa de los dioses, incumplida como tantas otras, de que los plátanos nunca perderían las hojas; el toro blanco, que era también él un dios, astuto, oculto y evidente a la vez, ni cruel ni magnánimo, con una mitad de su ser en la sombra y la otra en plena luz, sin otra razón ni ley que su deseo violento dispuesto, en su auto afirmación desmedida, a hacer retroceder los ríos hasta su fuente, a detener el sol en medio de su curva periódica y monótona y, de inmóviles que eran, a hacer bailotear y desmoronarse, una a una, porque sí, en el firmamento, las estrellas.

Morvan se dio vuelta, abrió el armario y, sacando con cuidado el cenicero lleno de papelitos para impedir que se volaran, se sentó ante el escritorio y encendió la lámpara. En la superficie lisa del escritorio volcó suavemente el contenido del cenicero, y empezó a separar sin apuro los pedacitos de papel, y a disponer como un rompecabezas, seleccionando uno por uno los papelitos para hacerlos coincidir con los que ya estaban ordenados, y desechándolos y devolviéndolos al montón si no coincidían. No pensaba en nada mientras lo hacía, en ninguna otra cosa que no fuese el próximo pedacito de papel que debía encajar en el hueco correspondiente. Le llevó un buen rato reconstruir la hoja entera de la carta ministerial, y cuando hubo acomodado todos los papelitos pudo comprobar que faltaba uno solo, no más grande que una moneda de veinte centavos, a la altura de la firma del funcionario del ministerio que había mandado la carta en nombre del ministro, de modo que una parte de la firma y del sello ministerial que se superponía a ella faltaban para completar la hoja. Morvan sacó de su bolsillo el sobrecito de plástico del tamaño de un paquete de cigarrillos, hizo presión sobre los bordes superiores rígidos para ensanchar su abertura y, poniendo el sobre boca abajo, empezó a sacudirlo hasta hacer caer sobre el escritorio el pedacito de papel que había recogido de la *moquette* verde claro, en la antesala diminuta y limpia que nadie, desde el día anterior, en todo caso nadie después del crimen, había atravesado, salvo el hombre o lo que fuese que, después de servirse del cuchillo eléctrico como un escultor del martillo y del cincel, había ido a darse una ducha al cuarto de baño, se había vestido sin ningún apuro, y después de verificar que no dejaba ningún rastro detrás suyo, había cerrado la puerta con doble llave y se había guardado la llave. La noche anterior había cometido el primer descuido. Tal vez después de apagar la luz de la antesala, el papelito se había caído y, al cerrar la puerta exterior, una corriente de aire levísima lo había arrastrado hasta el centro de la *moquette* verde claro, bien visible a mitad de camino, blanco, casi brillante, entre la puerta de entrada y la que separaba la antesala de las habitaciones interiores. Como el papelito había caído sobre el escritorio exponiendo su reverso blanco, Morvan lo dio vuelta despacio y comprobó que, en efecto, en el anverso había unos fragmentos de escritura y de sello, de modo que lo introdujo con mucho cuidado en el hueco que faltaba rellenar en la carta, donde el pedacito de papel entró justo: el rompecabezas estaba por fin completo.

Morvan se reclinó en su sillón y, cruzando las manos sobre el vientre, se inmovilizó con los ojos fijos en el cielorraso. En los rasgos de su cara no había ninguna expresión particularmente enfática, y su cuerpo no denotaba tampoco ninguna emoción particular, a no ser la inmovilidad de los ojos demasiado abiertos, la cabeza y las manos demasiado inmóviles, el cuerpo demasiado inmóvil que reposaba en el sillón, en el silencio bruscamente demasiado perceptible de la pieza. La imagen del comisario Lautret arrojando al aire los fragmentos de la carta y la lluvia lenta de papelitos blancos, que se habían diseminado por la habitación, también persistían en su mente, a pesar del pequeño tumulto que evocaban, en el más completo silencio. Era evidente que, en el momento de caer, el pedacito de papel había quedado adherido o enredado en algún punto del cuerpo o de la vestimenta de uno de los cuatro policías presentes, en un bolsillo, en algún pliegue del saco o del pantalón, en el cabello, en el interior de un guante o en la cinta de un sombrero, o atrapado en los hilos rígidos de lana de algún pullóver, imantado por la electricidad estática, marcando al hombre que durante horas había estado llevándolo encima sin saberlo, de un modo más indeleble y más inequívoco que un tatuaje impreso en su frente con un hierro al rojo blanco, señal discreta y levísima al principio que, sin embargo, en una sola noche se había vuelto evidencia y había adquirido el peso de una condena y, de blanca que había sido, el color de la perdición.

Después de unos minutos de inmovilidad, Morvan se inclinó otra vez hacia la carta reconstituida y la contempló un momento. Las líneas irregulares que formaban las rasgaduras de papel donde los pedacitos, todos de tamaño semejante, se unían de un modo imperfecto, parecían los hilos tortuosos de una telaraña, y, durante unos segundos, Morvan tuvo la impresión fugacísima de que era él mismo el que estaba atrapado y se debatía en su centro. Pero esa impresión inesperada pasó enseguida, y su inclinación por lo claro lo ocupó un buen rato con una serie de razonamientos. Lo primero que se le ocurrió fue que su descubrimiento no lo había asombrado mucho, y que en el momento en que había visto el pedacito de papel resaltando sobre el paño verde claro, había adivinado de inmediato su procedencia. A decir verdad se había tratado, no de un descubrimiento, sino de la confirmación de una certidumbre, una especie de convicción tácita en la que nunca había pensado, pero que lo acompañaba día y noche desde hacía meses. La proximidad de la sombra que venía persiguiendo, Morvan lo sabía, no era únicamente psicológica sino también física. El galgo y su presa ocupaban el centro del mismo espacio, y era desde el mismo punto que salían los dos a trazar el círculo que iba estrechando cada vez más su campo de operaciones. El mismo horizonte mágico los encerraba en un lugar irrespirable y sin salida, condenándolos a repetir, cada uno por su lado, los mismos gestos antagónicos que sin embargo tenían mucho de complementarios. En cierto sentido, el galgo era también presa, y la presa, galgo. Un sentimiento casi insoportable de reconocimiento y de identificación se apoderó de Morvan, tan visceralmente obsceno que, en vez de aterrarlo, lo hizo emitir, como cada vez que reconocía una evidencia, en medio de movimientos de cabeza lentos y dubitativos, una risita sarcástica.

De los cuatro hombres que habían estado expuestos, como a una radiación mortal, a la lluvia de papelitos, Morvan se descartó no sin reticencias, porque sabía que, a la hora de las pruebas, todos los argumentos que empezaba a aplicar a los tres restantes, los otros podían, con la misma lógica, volverlos en su contra. Pensó que tal vez había cometido un error guardándose la única prueba tangible de que el asesino de la Folie Regnault había salido la tarde anterior, al oscurecer, de su oficina, y ni siquiera podía contar con el testimonio del agente y de la portera, porque ese pedacito de papel que para Morvan constituía una prueba irrefutable, no significaba nada para ellos. No habían visto más que un papelito del que ignoraban no sólo el sentido, sino también el origen. Ni siquiera un examen dactiloscópico serviría de mucho, en primer lugar porque lo más probable era que las impresiones digitales de los cuatro aparecieran en la carta, y sobre todo porque, al haberse guardado el pedacito de papel,Morvan lo había invalidado como prueba. Ya no existía ningún medio de probar que ese pedacito de papel había salido alguna vez de la oficina.

Aunque su propia conducta le producía una ligera incomodidad, por no decir cierta extrañeza, Morvan se desinteresó del problema, para abocarse al de la identidad del hombre que perseguía. Como conocía a sus tres colaboradores desde hacía años, le resultaba difícil imaginar en alguno de ellos la gran zona oscura de demencia que había sido necesaria para cometer esa serie horrenda de crímenes. Combes y Juin eran hombres simples, de inteligencia mediana, dos policías rutinarios pero eficaces y leales que habían trabajado siempre bajo sus órdenes y que por eso había traído con él al despacho especial. No tenían ideas propias, pero eran funcionarios puntillosos, y aunque esas categorías le parecían ridículas en relación con los crímenes que habían sido cometidos, tampoco los creía capaces de desplegar el talento de simulación que requería una doble vida. Por otra parte, los dos eran casados y padres de familia. Morvan sabía que eso no significaba nada, y que con cada padre de familia responsable y afectuoso puede convivir un monstruo sanguinario, hecho que había sido verificado muchas veces, pero su objeción no era de orden moral sino lógico, e incluso práctico, porque le parecía difícil que la esposa, o cualquier otro miembro de la familia que viviese bajo el mismo techo, no fuese capaz de advertir alguna anomalía, rareza o detalle particular, en un pariente que había cometido veintiocho crímenes en nueve meses. La esposa menos suspicaz del simulador más perfecto no podría no haber notado algo raro alguna de las veintiocho veces en que su marido se disponía a, o acababa de, suplicіar, violar, decapitar y descuartizar a una anciana. Desde el principio, Morvan había razonado que el asesino vivía solo y que probablemente su profesión, o una posición de privilegio, le permitía ganar la confianza de sus víctimas. En tanto que policías, Combes y Juin llenaban con facilidad el segundo requisito, pero en tanto que jefes de familia, sobre todo Juin que, además de su mujer y de sus hijos, había traído a su suegra a vivir bajo el mismo techo, no cumplían con el primero. La imagen del hombre solitario y sin cara, preparándose a salir, en una especie de trance hipnótico, de su departamento en penumbra, incapaz de desoír el llamado terrible y periódico del anochecer, no coincidía con el marco convencional del reencuentro familiar al fin del día, los chicos que han vuelto de la escuela y comen su merienda frente al televisor, y los adultos que, molidos y de humor brumoso a la salida del trabajo, se preparan para la cena. Es verdad que un policía hubiese podido justificar fácilmente ante su familia horarios fuera de lo común y ausencias largas y frecuentes, pero resultaba claro que el hombre, o lo que fuese, que había cometido todos esos crímenes, había construido, antes de comenzar la serie, una muralla de soledad o, más bien, una especie de zona aislante alrededor de sí mismo, un territorio vacío con una atmósfera propia que ningún otro ser humano podría respirar sin riesgo mortal, un círculo desolado y estéril en el que todo lo viviente que, por error o cálculo, pudiese entrar se transformaría de inmediato en un montoncito de polvo calcinado. El aura que lo acompañaba debía suscitar sentimientos o emociones más coloridos, más intensos –respeto, envidia, admiración, deseos de seducir o de ser seducido, de obedecer o de ser obedecido, temor, odio e incluso compasión inexplicable, sospecha o adhesión ciega– que el interés banal, la deferencia convencional y los grises intercambios profesionales que generaban los inspectores Combes y Juin. El animal que buscaba era astuto, excesivo, razonador y cruel; era violento y meticuloso, y aunque era un solitario, a diferencia de muchos de sus contemporáneos, que no viven ninguna, vivía más de una vida a la vez. En él convivían el pensamiento lógico y los actos inexplicables. Vivía tan intoxicado por el veneno que circulaba por todo su ser, con su sangre tal vez, desde el instante mismo en que emergió al aire de este mundo, que hasta ignoraba o era indiferente a su propia crueldad. Podía tener amigos ocasionales e incluso duraderos, pero cuando dos amigos se separan es en realidad difícil para cada uno saber lo que ha hecho el otro durante las horas, los días, las semanas o los meses de separación. Ya es difícil saber lo que puede estar haciendo cuando baja por diez minutos, con el pretexto de comprar cigarrillos, al bar de la esquina, o aun durante los segundos en que dejamos de tenerlo en nuestro campo visual cuando nos damos vuelta para sacar un libro de la biblioteca. Probablemente se mudaba seguido, o quizás tenía más de un departamento, un lugar fijo de residencia y otro ocasional, debido a razones profesionales, como las pequeñas habitaciones que había en el despacho especial por ejemplo, que los cuatro policías ocupaban cuando estaban de servicio o cuando, como podía ser también el caso de Morvan, terminaban tarde de trabajar y no tenían ganas de desplazarse. El hombre, o lo que fuese, poseía también una gran fuerza física, ya que de otro modo no hubiese podido manipular los cuerpos como lo hacía cuando se le daba por abrirlos o despedazarlos, y también era prudente y meticuloso, como lo probaba el hecho de que no hubiese dejado, de los primeros veintisiete crímenes, un solo indicio que pudiese comprometerlo. Ese detalle podía también probar que se trataba de un policía, porque tenía la inteligencia de omitir todo rastro comprometedor, sabiendo de antemano lo que sus colegas buscarían. Y en cuanto a los que dejaba, algún cabello (si era efectivamente de él), esperma, alguna otra nimiedad, sabía perfectamente que sólo podrían tener valor como indicio en un plano comparativo, y que ninguno constituía en sí una prueba. El esperma, por otro lado, Morvan pensaba que lo dejaba deliberadamente, porque gozaba con que se supiese que había habido violación. Morvan ya sabía desde hacía mucho tiempo que se vestía bien y tenía un aspecto agradable, superior quizás al término medio, ya que varias ancianas se habían dejado tentar por sus atractivos antes del ritual propiamente dicho. Eso desde luego no bastaba en los tiempos que corrían: también tenía que inspirar confianza y, para obtenerla, la credencial policial debía serle de mucha utilidad. Tal vez las abordaba en la calle, o las llamaba por teléfono para decirles que iría a verificar si todo andaba bien y si las consignas de seguridad se aplicaban correctamente, y en muchos casos podía haberles dado el número del despacho especial para que lo llamaran, lo cual debía acrecentar su confianza. Tal vez a algunas las veía varias veces antes de hacerse invitar a cenar, o tal vez llegaba deliberadamente a la hora del aperitivo o de la cena y, llenando la soledad de la anciana con su conversación entretenida y protectora, no tenía ninguna dificultad en quedarse a cenar. Incluso podía llamar por teléfono desde el despacho, anunciar su visita, y llegar con una botella, unos bombones, un libro o una videocassette de regalo. No siempre tal vez la credencial de policía era suficiente para tranquilizar a la dueña de casay hacerla entrar en confianza. Podía ser que el hombre o lo que fuese, por alguna razón precisa, tuviese un rostro más familiar que el resto de sus colegas. Es verdad que a pesar de su discreción legendaria, Morvan ya era conocido en todo el barrio a causa de sus rondas regulares y de sus largos paseos diurnos y sobre todo nocturnos, y que también él había realizado no pocas visitas de verificación a muchos edificios y que había estado en muchos departamentos privados y cuartos de porteras para ver si se aplicaban realmente las consignas de seguridad que se habían difundido, pero a pesar de su presencia constante en el campo de operaciones, su persona era relativamente menos conocida que la de otros colegas, el comisario Lautret por ejemplo, que pasaba varias veces por semana por televisión y que dirigía personalmente sus consignas, cara a cara podría decirse, a las ancianas atemorizadas, desde la pantalla chica como le dicen. Era evidente que, de toda la brigada, Lautret era el miembro más conocido y eso gracias a la televisión, que había hecho de él, después de nueve meses de comunicados semanales, un personaje bastante popular. Lautret ni siquiera hubiese necesitado valerse de su credencial para entrar, no solamente en el departamento de las viejecitas, sino donde se le ocurriese, y no solamente en el barrio donde se cometían los crímenes, sino en toda la ciudad y aun en el país entero. La sombra repelente que salía, de tanto en tanto, movida por una necesidad a cuyas leyes de hierro obedecía ciega, en forma repetitiva, a golpear, tomaba quizás, para ocultarse, y a la vista de todo el mundo, la forma coloreada, protectora y familiar de una imagen de televisión, de modo que ya se había instalado, desde mucho antes de llamar a la puerta, en la intimidad y en la credulidad de sus víctimas. Sin emoción y sin extrañarse de esa ausencia de emoción, Morvan comprendió lo que la sensación angustiosa de proximidad que tenía desde hacía tiempo –y que crecería un poco más tarde hasta la demencia– le había hecho presentir, o sea que su viejo amigo el comisario Lautret era el hombre que buscaba.

–Me hubiese jugado la cabeza –dice Tomatis.

–¡Tomatis! –exclama Pichón, llamándolo por su apellido con el fin de adoptar un tono paródico de reproche. Y después–: No estamos en ningún garito.

–De todas maneras, hasta la cabeza la tiene hipotecada –dice Soldi–. Aunque quisiese, no podría jugársela.

Tomatis levanta las manos a la altura del pecho, las palmas, más claras que el dorso tostado, hacia el exterior, para defenderse de ataques, críticas y objeciones, y, sacudiendo la cabeza sobre la que según Soldi pesaría una supuesta hipoteca, profiere con aire apodíctico y doctoral:

–Quiero decir que la solución me parecía evidente desde el principio.

–Lo que pasa –dice Pichón– es que a esta altura del relato no hemos llegado a la solución, sino al comienzo del problema.

–Suspenso barato –dice Tomatis, dirigiéndose no a Pichón, sino a Soldi, pero señalando a Pichón con un movimiento de cabeza significativo que, traducido a palabras, podría querer decir: *Te hago notar los métodos poco recomendables que emplea este individuo para embaucarnos con su historia.*

–Ya se verá –dice Pichón–. Por ahora comamos algo.

Las palabras que acaba de pronunciar han coincidido con la llegada del mozo, al que ha estado viendo venir en dirección a la mesa por el sendero de ladrillo molido. Los tres primeros vasos de cerveza ya están vacíos desde hace rato, de modo que, consciente de su tardanza, el mozo comienza por depositar sobre la mesa tres otras cervezas doradas, coronadas por un buen cuello de espuma blanca, para seguir en seguida con los platos, a saber un salamín ya pelado y cortado en rodajas, un potecito chato de aceitunas verdes en aceite, un par de porciones de pizza a la napolitana (tomate, mozzarella y orégano) que, sacadas sin duda de un círculo entero de pizza, han debido tener durante unos instantes una forma triangular, pero que ahora se presentan divididas en muchas subporciones de formas geométricas irregulares y, por último, después de la canastita metálica llena de rebanadas ovales de pan, el plato principal, o sea las milanesas picadas todavía calientes, decoradas de pickles y de cuartos amarillos y jugosos de limón. Escarbadientes, cubiertos, sal, savora, más los ingredientes reglamentarios que acompañan la cerveza, completan la descarga del contenido de la bandeja en la que, cuando ya no queda más nada en ella, el mozo comienza a cargar los vasos y los platitos de ingredientes vacíos.

—Que no tarden tanto las próximas —dice Tomatis, con un tono lastimero de súplica que, en el fondo, es una advertencia o un reproche.

—No —dice el mozo—. Es que estaban cambiando el barril.

—Me di cuenta por el cuello —dice Tomatis.

El mozo simula no oír y únicamente Tomatis se ríe de su propia réplica, que ha sido supuestamente chispeante y sin intención de herir, pero que ha dado la impresión de ofender al mozo, el cual, sin hacer ningún comentario, se aleja en dirección al bar. Pichón espera que esté suficientemente lejos de la mesa para reconvenir a Tomatis:

–Ignoraba tu insobornable purismo.

–Toda cocha debe cher perfechta en chu hénero –dice Tomatis, a quien la masticación de un trapecio irregular de pizza caliente dificulta la pronunciación, obligándolo a modificar las eses y a transformar la ge de género en una hache excesivamente aspirada. Pichón se vuelve hacia Soldi.

–Admito que él está en conformidad con su propio credo –dice.

Llevándose un pedazo de pan a la boca, Soldi asiente en silencio y después, mientras mastica, fija la vista, más allá de la parecita blanca de balaústres y de la calle oscura, en el edificio achatado de la Terminal de Ómnibus a la que, como ha podido observarlo varias veces, aunque fue construida hace ya veinte años, Pichón le dice todavía la Terminal Nueva, por la única razón de que fue inaugurada después de su partida. Más que nunca, mientras oye dialogar a Pichón y a Tomatis, tiene la impresión de estar asistiendo a una comedia de la que él es el único espectador, y vuelve a preguntarse si, cuando están solos, los dos amigos hablan de las mismas cosas y de la misma manera. Parecen tan bien instalados en el presente, tan dueños de sus palabras y de sus actos, tan bien recortados como caracteres diferentes y complementarios, que son como esos actores en plena actuación que, por lo que dura la obra, gozan del privilegio de vivir para lo exterior, o de ser ellos mismos puramente exteriores, al abrigo de las hilachas de pensamiento, de los sentimientos contradictorios, de las sensaciones extrañas y de las imágenes fragmentarias, incomprensibles y voraces, independientes de toda lógica y de toda voluntad, que forman el tejido íntimo de la vida. Dan la impresión de estar a salvo de la cenestesia, de la indecisión, de la angustia. Durante unos segundos, Soldi los considera con severidad, pero casi de inmediato, y en forma inesperada, se pregunta si no son realmente así, exteriores, y tan en orden consigo mismos, y tan resignados al fluir monótono y riesgoso, sin sentido y sin solución de la vida, que, a fuerza de no esperar más nada de ella, han adquirido una especie de serenidad.

Es obvio que se equivoca. Por ejemplo, del día transcurrido, cada uno trae, además de vivencias comunes, imágenes, sensaciones, recuerdos propios que son inaccesibles al lenguaje e incomunicables, por decirlo de algún modo, hasta el confín de la eternidad, pero también la irritación de viejas llagas que los dos creían cicatrizadas y que, de un modo levísimo por supuesto, han empezado otra vez a sangrar. En la época de la desaparición del Gato y Elisa, Héctor y Tomatis se ocuparon de hacer lo necesario para tratar de ubicarlos, sin ningún resultado por otra parte, pero Pichón se negó a venir, argumentando que de todos modos no reaparecerían, y que él tenía ahora otra familia en Europa que dependía de él, y de la que él dependía, y que no estaba dispuesto a separarse de ella. Héctor lo informaba regularmente de las búsquedas hasta que por fin, sin obtener ningún resultado, las abandonaron, pero durante casi dos años, Tomatis y Pichón dejaron de escribirse. A decir verdad, Tomatis dejó de contestar las cartas de Pichón, que demoró unos meses antes de comprender la razón del silencio y abstenerse de seguir escribiéndole. Y, al cabo de dos años, cuando Pichón menos se lo esperaba, fue Tomatis el que recomenzó la correspondencia con una carta larguísima, donde le decía que, después de meses y meses de reflexiones amargas y contradictorias, había terminado por comprender que esa prudencia excesiva de parte de Pichón era en realidad miedo, pero no miedo de correr, como se dice, la misma suerte que su hermano, sino, por el contrario, miedo de afrontar la comprobación directa de que el inconcebible ente repetido, tan diferente en muchos aspectos, y sin embargo tan íntimamente ligado a él desde el vientre mismo de su madre que le era imposible percibir y concebir el universo de otra manera que a través de sensaciones y de pensamientos que parecían provenir de los mismos sentidos y de la misma inteligencia, se hubiese evaporado sin dejar rastro en el aire de este mundo, o peor todavía, que en su lugar le presentaran un montoncito anónimo de huesos sacados de una tierra ignorada.

Esta tarde, de vuelta de lo de Washington, cuando le ha mostrado desde la lancha a su hijo la casa de Rincón en el recodo del Ubajay, a Pichón le ha parecido que la expresión de Tomatis se ensombrecía un poco. A pesar del desplazamiento tranquilo de la lancha, del aire benévolo que corría, del sol del atardecer que atenuaba un poco la fiebre del día caluroso, Pichón tiene una reminiscencia amarga de ese momento, y no solamente a causa de Tomatis, sino también de su propio hijo, en quien la apatía deliberada de su reacción no alcanzó a disimular del todo una emoción violenta, que Pichón atribuye a las imágenes penosas que conserva el adolescente de los tiempos terribles de la desaparición del Gato y de Elisa. Sus dos hijos lo habían visto llorar por primera vez, y andar por la casa con los ojos enrojecidos, insensible a lo exterior, durante semanas enteras. De modo que Soldi se equivoca si cree que Pichón y Tomatis, compactos y al parecer a sus anchas en el presente, escapan al tironeo constante o al chisporroteo que, igual que en el cielo estrellado, estalla a cada momento en la negrura interna. Lo que pasa es que, por una especie de complicidad estilística, adquirida después de años de conocerse, cristalizados en una convención tácita, han aprendido a no mostrarlo demasiado.

También la sensación de estar ante un Pichón ligeramente diferente perturba a Tomatis. Cuando lo ha visto inclinarse ante el dactilograma, en el cuarto de trabajo de Washington, le ha parecido que manifestaba un interés simulado, condescendiente y, a causa de eso, Tomatis ha sentido una leve humillación, pensando que tal vez a Pichón los conflictos locales lo dejan indiferentes y, un poco más tarde se le ha ocurrido que ha sido más por cortesía que por verdadero interés que, durante el regreso en lancha, Pichón le ha pedido a Soldi un resumen oral de la novela. Aunque ha mantenido con él, a propósito del dactilograma, una correspondencia frecuente y vivaz, Tomatis cree que, como sucede con tantas otras cosas, lugares, objetos, amores, como la anticipación imaginaria de la experiencia es siempre más intensa que la experiencia misma, al llegar a la ciudad Pichón ha sido súbitamente invadido por la indiferencia, el hastío o el desgano. En todo caso, la apatía efectiva de Pichón, que en el Gato llegaba hasta la impasibilidad y a veces hasta la apariencia de crueldad, que la vivacidad de sus cartas le ha hecho olvidar, tiene por momentos para Tomatis, y Tomatis no se abstiene de mantenerlo en la zona clara de su mente para analizarlo con frialdad, algo de inaceptable y de hiriente.

Pero todo eso no influye para nada en sus relaciones. Cada uno se atribuye a sí mismo la falta, y así como Tomatis piensa que la causa de esa sensación de humillación debe buscarla en sí mismo y no en el modo de ser de Pichón, Pichón hace ya varios años que viene reprochándose secretamente el no haber venido cuando la desaparición del Gato y de Elisa y, desde que está de vuelta en la ciudad, considera que es una prolongación de esa actitud el no haber querido ni siquiera visitar la casa de Rincón y el departamento de su madre antes de la venta. En su fuero interno, autoriza y acepta la interpretación que los otros pueden hacer de su comportamiento, y los otros son en la actualidad dos personas, Héctor y Tomatis. Pero Héctor está por el momento en Europa –Pichón lo ha alojado con frecuencia en París en los últimos años–, de modo que Tomatis es su único juez, y aunque sabe que Tomatis nunca lo expresará con palabras, con miradas o con actitudes significativas, Pichón ha decidido considerar de antemano como justo, sea cual fuere, su veredicto.

–Quiero decir –dice Tomatis, inclinándose con decisión hacia la fuente de milanesas, y retornando la conversación interrumpida por la llegada del mozo– que el galgo y su presa, para usar sus propias palabras, razonan siempre de la misma manera.

—Estamos de acuerdo —dice Pichón—. Pero quiero contarles esta historia hasta el final. Salió en todos los diarios.

—¿Esa sería la prueba de su veracidad? —objeta Soldi, abriendo la boca oculta por la barba negra como una gruta por una maraña de vegetación carbonizada, e introduciendo en la boca abierta una aceituna verde oscuro y, casi inmediatamente después, sin siquiera haber devuelto el carozo, una rodaja rojiza de salamín. Y mientras mastica, piensa que ese argumento, blandido tantas veces por Tomatis, ha debido parecerle a Pichón una prueba de la influencia excesiva, y tal vez corruptora, que Tomatis ejerce sobre su persona. Está por avergonzarse de haberlo proferido, pero su instinto de conservación lo induce a pensar que, después de todo, él es joven, inteligente, rico, culto, y que tiene toda la vida por delante, de modo que le importa poco que el aprecio real que siente por Tomatis pueda ser interpretado por los otros como un signo de servilismo.

—No me refiero a la veracidad de la historia, sino a la mía —dice Pichón—. Si no me creen, les mando los diarios.

Indeciso, Soldi escupe el carozo de la aceituna en la palma de su mano, y después lo deja en un cenicero. Tomatis advierte su vacilación.

—No le hagas caso —dice—. Es un lugar común de la crítica francesa.

Pichón se echa a reír.

—No, de veras —dice—. Salió en todos los diarios. Y, además, pasó a la vuelta de mi casa.

–Argumento irrefutable –dice Soldi con desdén, recuperando su aplomo y entrando nuevamente en el tono de la discusión, que consiste en definitiva en formular, de manera irónica, objeciones o aprobaciones, sin estar nunca demasiado seguro de que han sido aceptadas o siquiera comprendidas por los otros–. Desgraciadamente, el autor de *En las tiendas griegas* ya se ha abocado a ese problema.

De manera un poco ostentosa y convencional. Pichón enarca las cejas y asume una expresión interrogativa, destinada a significar más o menos: *por lo que me transmitieron de ese texto, no me parece haber entendido que tratara de esa cuestión.*

–Los dos soldados –dice Soldi–. Los dos soldados de guardia en la tienda de Menelao.

Y ante el interés de Pichón y de Tomatis, que lo estimula y lo embriaga levemente, y que transparenta mucho –tal vez un poco demasiado– en sus expresiones, Soldi explica que el Soldado Viejo y el Soldado Joven –los dos personajes principales de la novela–, el Soldado Joven, que acaba de llegar de Esparta hace apenas unos días, es el que más sabe de la guerra. El Soldado Viejo, que está desde hace diez años en la llanura de Escamandro –la mayor parte de la novela transcurre la noche que precede la introducción del Caballo y por lo tanto la destrucción de la ciudad– no ha visto nunca un solo troyano, en todo caso de cerca, debido quizás a que forma parte del personal de Menelao, que se ocupa de los problemas de intendencia y de seguridad en retaguardia, y para él esa palabra, troyano, evoca únicamente unas figuras humanas diminutas, debatiéndose contra los griegos en un punto de la llanura, y después en otro, y más tarde en un tercero, y así sucesivamente. Cuando Menelao, al comienzo del sitio, encabezando una embajada, había entrado en la ciudad para ir a reclamar a Helena (a la que él nunca había visto), le había tocado quedarse de guardia en el campamento. Y si venía alguna embajada troyana a parlamentar, era siempre en la tienda de Agamenón que la recibían. Para él, Troya era una muralla gris que se elevaba a lo lejos y en la cual, de tanto en tanto, veía pasearse una silueta vagamente humana. En cuanto a las hazañas del héroe cuyo sueño estaban protegiendo en ese mismo momento, el Soldado Viejo no sabía casi nada, tal vez porque en todos los años que había estado a su servicio, su jefe apenas si le había dirigido dos o tres veces la palabra. El Soldado Joven, en cambio, estaba al tanto de todos los acontecimientos, hasta el más insignificante, que habían tenido lugar desde el comienzo del sitio. Y no únicamente él, sino toda Grecia, lo que equivalía a decir el universo entero. Todos los hechos relativos a la guerra les eran familiares hasta al más oscuro de los griegos. Incluso las criaturas que habían nacido cuatro o cinco años después del comienzo de las hostilidades, remedaban los hechos más salientes en sus juegos: todos querían ser Aquiles, Agamenón, Ulises, y únicamente contra su voluntad aceptaban el papel de Paris, de Héctor, de Antenor.Hasta los que todavía gateaban querían ir a recoger el cadáver de Patroclo, lo mismo que los hombres hechos y derechos que, erguidos sobre sus miembros vigorosos, adoptaban en la plaza pública actitudes que creían imitar de Filoctetes o de Ayante, o los viejos que, ayudándose con un bastón, que solían revolear en la fiebre de sus relatos, andaban por los caminos repitiendo las hazañas que todo el mundo conocía de memoria y que sin embargo nadie se cansaba de escuchar. En las noches de invierno, cuando caía la nieve en las montañas solitarias, familias enteras, señores y criados, amos y esclavos, hombres y mujeres, adultos y criaturas, se apretujaban alrededor del fuego para escuchar, por milésima vez, los relatos. Si un viajero atravesaba algún lugar desierto, y se cruzaba con un algún desconocido, o con algún pastor que cuidaba su rebaño desde hacía meses en algún valle perdido, apenas habían intercambiado un saludo convencional, el tema de la guerra se instalaba en la conversación. De vuelta de una de esas temporadas, un pastor pretendió que una mañana sus cabras, inexplicablemente, se habían puesto a gemir desconsoladas, y que él se había enterado un poco más tarde por un viajero de que había sido el día de la muerte de Patroclo. Al Soldado Viejo, todos esos nombres de héroes se le mezclaban en la cabeza, porque tenía muy poco contacto con ellos e ignoraba la mayor parte de las hazañas que al Soldado Joven le parecían tan gloriosas. Los pocos efectos palpables de la guerra para el Soldado Viejo, se resumían en dos o tres hechos concretos: un día, por ejemplo, después de una batalla de la que todo el mundo comentaba que había sido muy violenta, pero de la que él no había visto más que una nube de polvo en un punto lejano de la llanura, su jefe había vuelto ligeramente herido, y varias veces también había podido deducir del humor de Menelao, si el curso de los acontecimientos era favorable o adverso a los griegos. Una cosa parecía segura: había una guerra, porque alguno de sus viejos camaradas que habían sido seleccionados para la acción nunca volvieron al campamento, y porque a veces faltaban el pan y el aceite –nunca en la mesa de los jefes desde luego– y otras cosas similares, lo que era signo de tiempos difíciles. Si se hubiese topado con Ulises o Agamenón, el Soldado Viejo no los hubiese reconocido. Cuando los otros jefes venían a la tienda de Menelao, siempre lo hacían en grupo, y cuando venían solos, al Soldado Viejo le costaba igualmente distinguirlos. De todas maneras, a su edad –en realidad apenas si tenía cuarenta años– ya había aprendido desde hacía tiempo que al soldado raso le conviene ser ciego, sordo y mudo y tratar de pasar completamente desapercibido. Para el Soldado Joven era exactamente lo contrario: tampoco él había visto nunca a Helena, pero conocía todas las historias, anécdotas y leyendas que circulaban sobre ella. Sabía de ella probablemente más que su marido y que el amante troyano –el nombre de Paris al Soldado Viejo no le decía nada– que, infringiendo las leyes de la hospitalidad, la había seducido y secuestrado en ausencia de Menelao. Más aún: afirmaba que Helena era la mujer más hermosa del mundo, y la consideraba también como la más casta, porque un rey de Egipto que había dado alojamiento a la pareja durante un alto en su viaje hacia Troya, cuando descubrió el secuestro, expulsó a Paris y, gracias a manipulaciones mágicas, fabricó un simulacro de Helena tan semejante al original que Paris se la había llevado consigo a Troya creyendo que era la verdadera, la cual, según el Soldado Joven había oído decir, seguía todavía en Egipto, donde había envejecido considerablemente, esperando la vuelta de su marido.A lo cual el Soldado Viejo contestó (según Soldi memorablemente, y en la novela con mejores palabras que las que él estaba transmitiéndoles en forma sucinta) que, si todo eso era cierto, la causa de esa guerra era un simulacro, lo cual en cierto modo no cambiaba nada para él, porque teniendo en cuenta lo poco que sabía de ella, no únicamente su causa, sino también la guerra misma era un simulacro y que, si algún día volvía a Esparta y alguien le pedía que contase la guerra, se encontraría en una situación delicada, pero si le quedaba algún ocio en su vejez, lo dedicaría a informarse de todos esos acontecimientos tan conocidos en el mundo entero y que el Soldado Joven acababa de referirle.

Satisfecho de la larga explicación de Soldi, Tomatis deja de mirarlo y ausculta con cierta expectativa la cara de Pichón, para ver si las palabras de Soldi han producido el efecto que él desearía, a saber que Pichón esté tan interesado en la novela como en la personalidad del albacea literario –designado por la hija gracias a las maniobras del propio Tomatis– de Washington. Y como considera que de ese efecto depende también un poco su propia reputación, la sonrisa pensativa de Pichón lo tranquiliza. Él conoce bien, desde hace más de treinta y cinco años, esa sonrisa, en la que hay al mismo tiempo reconocimiento, simpatía y reflexión, y que anuncia siempre una réplica, precedida de un–corto silencio. Y la réplica llega:

–El Soldado Viejo posee la verdad de la experiencia y el Soldado Joven la verdad de la ficción. Nunca son idénticas pero, aunque sean de orden diferente, a veces pueden no ser contradictorias –dice Pichón.

–Cierto –dice Soldi–. Pero la primera pretende ser más verdad que la segunda.

Pichón se inclina para atravesar con su escarbadientes un pedacito de milanesa y, elevándolo al mismo tiempoque endereza su cuerpo, lo mantiene suspendido en mitad de camino hacia la boca.

–No lo niego –dice–. Pero a la segunda, ¿por qué le gusta tanto venderse en las casas públicas?

–¡Qué nivel de ideas! –dice Tomatis, ironizando en forma demostrativa, pero realmente contento del diálogo que acaba de escuchar, aunque también levemente amoscado porque hubiese querido intervenir con alguna observación inteligente, y a pesar de sus muchos esfuerzos no se le ha ocurrido ninguna. De modo que, después de tomar un trago de cerveza, decide sondear a Pichón para asegurarse de su interés genuino por el dactilograma. ¿Esta tarde, cuando estaban en el cuarto de trabajo de Washington, Pichón, mientras observaba el dactilograma, no ha pensado ciertas cosas que ha preferido no expresar en voz alta o acaso él, Tomatis, se equivoca? Y al oírlo, Pichón se echa a reír, como el bromista que acaba de ser descubierto durante la preparación de su broma y con esa risa subraya no solamente el carácter inocente de sus manipulaciones, sino también la perspicacia del que las ha descubierto. Pichón dice que, en efecto, lo primero que ha comprendido, al fijar la vista en la copia de *En las tiendas griegas*, es que Washington de ninguna manera podría ser el autor, pero que su instinto de conservación lo disuadió de proferir esa opinión en presencia de la hija. Tomatis aprueba las palabras de Pichón en forma decidida, con fuertes sacudimientos de cabeza y golpes repetidos de escarbadientes sobre una aceituna verde que no logra atrapar, hasta que decide servirse de los dedos, pero Soldi, sin estar enteramente en desacuerdo con la actitud de Pichón, piensa que debe mostrarse circunspecto para no traicionar de modo tan abierto la confianza que Julia ha depositado en su persona. La irracionalidad de Julia, que irrita tanto a Tomatis, despierta en él cierta compasión, y en su devoción tardía a la memoria de Washington, le parece adivinar menos hipocresía o interés que la búsqueda, después de haberlo perdido casi todo en la vida, de una razón para darle algún sentido a su fin.

–No tiene por qué ser un autor local –dice Tomatis.

–Si es un autor local, tal vez existan otras copias en la ciudad –dice Pichón.

–He estado haciendo averiguaciones –dice Soldi–. Ni rastro de otras copias.

–No tiene por qué ser un autor local –repite Tomatis, que, a veces, si no recibe una aprobación explícita de sus interlocutores, tiene la convicción, que lo saca un poco de la realidad, de no haber sido oído–. Tal vez la escribió alguno de los amigos anarquistas de Washington, de cuando estuvo en Buenos Aires o en el Paraguay, y le mandó una copia en los años treinta o cuarenta.

Un tumulto brusco lo interrumpe. Pichón alza la cabezay apunta con el dedo hacia la altura, en dirección de las luces y de las copas de los árboles.

–Las bailarinas –dice–. Tormenta.

Soldi y Tomatis alzan a su vez la cabeza: salidas quién sabe de dónde, de la noche, de la nada, miles y miles de maripositas blancas se arremolinan alrededor de las luces que cuelgan de los árboles y de las paredes blancas que limitan el patio. Girando rápidas sobre sí mismas, entrechocándose, precipitándose contra las lámparas encendidas, producen un estridor múltiple y una agitación inesperada y blanquecina en la altura, atrayendo la atención de los clientes del restaurante, que las observan y las señalan y las hacen entrar, con la misma imprevisibilidad repentina con la que aparecieron en el patio, en la zona clara de sus conciencias y en sus conversaciones. El mismo tumulto intempestivo que se agita en el patio, se representa Tomatis, debe estar formando el mismo rumor alrededor de todas las luces de la ciudad, y probablemente de toda la región, la misma larva alada, temblorosa y ciega, repetida porque sí, con simultaneidad vertiginosa, en millones y millones de ejemplares salidos bruscos de los pantanos nocturnos, para estremecerse un momento en las inmediaciones de la luz, y después caer girando febrilmente sobre sí mismas en la tierra oscura, hasta inmovilizarse por completo.Mañana serán como un tendal de florcitas secas, quebradizas y deshechas, ya sin dar el menor signo de haber sido alguna vez materia viva, substancia vegetativa y vibratoria, forma obsecada y maniática, escrupulosamente idéntica a sí misma en la que todo ha sido previsto menos la finalidad, y salida, como tantas otras, del chorro único que, bajo la apariencia engañosa de eternidad, no es menos insensato y efímero.

–Sí –dice Tomatis–. Las bailarinas. Fijo que acaban con el verano.

Y, echándose contra el respaldo de su silla, deja caer hacia atrás la cabeza, tratando de auscultar, más allá de las copas enormes de las acacias y de los penachos de las palmeras, aparentemente sin resultado, el cielo oscuro. Gotas de sudor, que le han brotado en la frente, le corren rápidas por las sienes hasta las orejas, y cuando llegan al borde de la mandíbula, cerca de los lóbulos, caen al vacío empapando el cuello de la camisa azul. La piel tostada de la cara, de los brazos, del cuello, parece tan gruesa como el cuero, y fuerte, casi impenetrable, y como el cuero también, en ciertas porciones de su superficie, en la frente, alrededor de los ojos y de la boca, está un poco ajada y arrugada. Observándolo, Pichón se alegra interiormente de encontrarle un aspecto tan saludable, ilusión que se acentúa porque Tomatis, casi en la orilla de los cincuenta años, conserva todavía bastante cabello revuelto y oscuro. Una impresión instantánea y fugaz, pero muy intensa, de continuidad o tal vez de permanencia lo transporta mientras lo observa, como si a través de la invariabilidad física de Tomatis, que cuando tenía veinte años parecía más viejo de lo que era y ahora que tiene casi cincuenta más joven de lo que es, pudiese verificarse no tanto la mansedumbre del tiempo como su inexistencia. Únicamente el presente le parece real, y tan inseparable del espesor de las cosas, tan confundido con la extensión palpable del mundo, que su dimensión temporal está como abolida. El tiempo y sus amenazas se le presentan ahora como una leyenda, colorida y terrible a la vez, a la que, refugiado en la rudeza rugosa y clara del presente, ya no considera necesario seguir dándole crédito. La camisa verde claro, casi fluorescente de Soldi, vibra en el aire nocturno del patio y el rumor de las bailarinas en la altura, alrededor de las luces, después de su aparición súbita, más los clientes sentados en sus sillas blancas de hierro forjado, más el gusto del trago de cerveza que acaba de tomar, más la sensación de frescura que, después de depositar el vaso vacío en la mesa, le ha quedado en la yema de los dedos, más el fondo móvil del restaurante, con la pared blanca, el techo de paja y el personal que trabaja cerca del bar y de la cocina y se dispersa después por los senderos rojos de ladrillo molido, más las copas inmóviles de los árboles, las guirnaldas de lamparitas de colores, los platos y los vasos sobre la mesa, todas esas presencias familiares y al mismo tiempo enigmáticas, como si acabaran de florecer, compactas y nítidas, de un grumo de nada, parecen haber bloqueado el fluir del cambio, dejándolo en un exterior improbable y distante, como si el presente crudo transcurriera en una bola de vidrio sobre la que las gotas de tiempo, sin poder adherir a la cápsula lisa y transparente, resbalan hacia un abismo de eternidad desmantelada y negra.

Durante un par de minutos, siguen comiendo en silencio, pinchando sin orden ni método, casi como si obedecieran, de un modo mecánico, a caprichos musculares sucesivos, los pedacitos de alimentos, rodajas circulares y rojas de salamín, aceitunas de un verde sombrío, ovoides y lustrosas, que reposan sobre un fondo de aceite, segmentos irregulares de triángulo de las subporciones de pizza cubiertos de una capa marfilina de mozzarella fundida bajo la que emergen manchitas rojo vivo de tomate, copos blancos de pororó, cuya forma en gran parte aleatoria, que tal vez únicamente podría analizar la teoría de las catástrofes, resulta de la explosión de los granos de maíz blanco cuando la sartén alcanza determinada temperatura.

–Hay un detalle importante que he omitido hasta ahora –dice de pronto Pichón, cruzando fugaz y sucesivamente la mirada con sus dos interlocutores para asegurarse de que ya se han dispuesto a seguir prestándole atención–. Después de la separación, Lautret empezó a tener una relación íntima con Caroline, la mujer de Morvan. Morvan, si bien el hecho le parecía obvio y hasta indiferente, lo sospechaba. Ignoraba de qué clase eran exactamente esas relaciones, pero sabía que Lautret y su ex mujer se veían a menudo y que ninguno de los dos le había hablado con franqueza de esos encuentros. Como había sido él mismo el que había suscitado la separación con Caroline, Morvan sabía que no tenía ningún derecho sobre ella. Hubiese preferido que actuasen de manera menos encubierta, aunque se daba cuenta de que era Caroline la que debía haber impuesto esa discreción: a pesar de haber aceptado con serenidad razonable la separación, puesto que habían dejado de entenderse en muchos planos a la vez, Caroline hubiese preferido continuar su vida común con Morvan, a quien respetaba y a quien había realmente querido durante muchos años. En algún sentido, si era cierto que mantenía una relación con Lautret, se trataba de una especie de prolongación de sus relaciones con Morvan. No debemos olvidar que Lautret era el mejor amigo de

Morvan, y que en las épocas más felices de su existencia, los tres se habían visto a menudo y habían constituido una especie de familia. Para Caroline –Morvan estaba seguro– una relación con Lautret en el plano sexual era, aparte de ese intento de permanecer en el círculo habitual de su vida afectiva, también de un modo paradójico e incluso contradictorio, una manera de escaparse de ese círculo con lo que tenía más a mano.

El caso de Lautret era diferente. De su vida afectiva inmadura y caleidoscópica, había quedado el rastro ya antiguo de un par de divorcios y de muchas tormentas conyugales. En ciertos períodos, cuando iba a visitar a los Morvan, venía todos los meses con una mujer diferente. De su paso por la Brigade Mondaine había conservado algunas relaciones en el ambiente de las prostitutas de lujo y, aunque algunos lo habían acusado en voz baja de proxenetismo, Morvan sabía que no era cierto y que Lautret utilizaba a esas mujeres en el marco de su trabajo de policía, aunque a veces se dejara vencer como se dice por la tentación. Lautret había reconocido los hechos ante Morvan, alegando que acostarse de tanto en tanto con una de esas mujeres formaba en cierto sentido parte de sus obligaciones profesionales. Morvan había estado siempre convencido de que a pesar de sus métodos y de su estilo de vida, que él desde luego nunca hubiese querido para sí mismo, Lautret era un policía más bien honesto y sin ninguna duda eficaz. Únicamente su relación con Caroline le venía produciendo desde un tiempo atrás cierto malestar, porque le parecía adivinar que Lautret, tal vez por haberlo idealizado demasiado, trataba de sustituirlo tanto en el plano afectivo como en el plano profesional. De alguna manera, la incomodidad que esa tendencia producía en Morvan se debía, no al hecho de que se sintiese traicionado o amenazado, sino al de revelar en Lautret cierta inconsecuencia que lo volvía distinto y vulnerable. Era como si Lautret fuese un poco dependiente de él y como si, a pesar de sus diferencias de temperamento, tan inmediatamente perceptibles desde el exterior, tratara de identificarse por todos los medios posibles, y sin ninguna deliberación aparente, con la personalidad de Morvan. Probablemente, Caroline lo había presentido también, desde mucho tiempo atrás: si siempre había tomado el partido de Lautret, no era porque lo considerara inocente, sino más bien no totalmente dueño de sus actos. No sé si dan cuenta de lo que estoy tratando de decir.

—Creo que —dice Tomatis.

—¡Shhtt! —Pichón acompaña su chistido exagerado con un movimiento de la mano no menos imperativo, consistente en elevarla y dirigir la palma hacia Tomatis, como si fuera un agente de tránsito ordenando detenerse a un camión que llega a una bocacalle a toda velocidad—. Ya te va a tocar el turno. Pero por ahora silencio: aquí el que cuenta soy yo.

El mozo —mientras hablaba, Pichón lo ha estado viendo venir— llega con tres cervezas que deposita sin decir palabra en la mesa, una ante cada uno de los comensales y después, retirando los tres vasos vacíos de la cerveza anterior, se aleja de nuevo en dirección al bar por el sendero rojizo de ladrillo molido que chasquea bajo la suela de sus zapatos.

—Lo ofendiste para siempre —dice Soldi.

—Es posible —dice Tomatis—. Pero gracias a mí, ahora por lo menos la espuma tiene la altura que corresponde. Y está bien fría.

—No nos vas a recitar otra vez tu credo rigorista —dice Pichón.

—Sin falsa modestia —dice Tomatis— creo que este mundo pide a gritos que yo trate de mejorarlo.

—A mi juicio, empeoró con tu llegada —dice Pichón.

Ya empiezan otra vez con el espectáculo, piensa Soldi, a quien, al fin de cuentas, vaya a saber por qué razón, la historia que está contando Pichón, después de haberse desentendido del problema de que pueda ser ficticia o verdadera, ha empezado a interesarle, y las interrupciones de Tomatis, obstinado en dar a conocer su opinión a cada rato, lo irritan ligeramente. Pero debe reconocer que Tomatis, o en todo caso así parece indicarlo la expresión de su cara, escucha con profundo interés el relato de Pichón, y que incluso por momentos su concentración es tan grande que durante unos segundos se queda con la boca entreabierta, deteniendo totalmente la masticación. Cuando Pichón lo advierte, una sonrisa tenue y satisfecha se insinúa en sus labios.

—Ya llegará el momento de tu intervención —dice Pichón, valiéndose de una prosodia enigmática.

Una bailarina, cayendo desde la altura, choca contra su hombro, se desliza por la tela amarilla de su camisa y, sin dejar de aletear a tal velocidad que las alitas blancas parecen múltiples y transparentes, desaparece en el fondo del bolsillo. Con el pulgar y el índice de la mano izquierda

Pichón tira hacia afuera el borde del bolsillo y mira en su interior, riéndose. Después mete dos dedos de la mano derecha, hurga un poco y saca la mariposa que sigue aleteando, excitada y veloz, la conserva un momento en la palma de la mano, y después la deja caer al suelo. En la punta de los dedos le quedan restos de un polvillo pegajoso y vagamente tornasolado.

–Esa complicación representaba un problema para Morvan –dice por fin–.No sólo lo inducía a desconfiar de sus propios razonamientos, que podían haber sido obnubilados por esa situación poco clara, sino también que, como debía haber algunos colegas que estaban al tanto, la sospecha de parcialidad y la falta de pruebas podían invalidar sus acusaciones.Morvan había comprendido que, si su hipótesis era justa, no podía confiársela a nadie antes de haber logrado probarla. Tenía que trabajar solo. Con la mirada fija en la carta reconstituida encima del escritorio, meditaba en la extraña tranquilidad con que consideraba la evidencia atroz que estaba analizando: su mejor amigo, al que desde hacía años lo unían el afecto, el respeto y la confianza, era el animal salvaje, la sombra inhumana y destructora que venía persiguiendo desde hacía nueve meses, y esa revelación repentina no había producido en su interior la más mínima vibración, aparte de cierto orgullo atenuado y un poco desdeñoso, como si hubiese resuelto un problema de lógica frente al que muchos otros antes que él hubiesen fracasado. La solución del problema lo había librado de inmediato de la impresión angustiosa de proximidad, e incluso de familiaridad, que los actos del hombre, o lo que fuese, le habían venido produciendo en los últimos tiempos. Y su falta de emociones, aparte tal vez de una piedad inexplicable y sorda, la aplicaba al hecho de que tal vez no era Lautret el autor de esos crímenes, sino una fuerza ignorada, parasitaria, desconocida incluso para el propio Lautret, y alojada en los pliegues íntimos de su ser desde los orígenes de su existencia, una presencia oscura semejante a un ídolo arcaico y sanguinario cuyo descubrimiento aportaría a su amigo la calma y la emancipación. Brusca, la chicharra del teléfono empezó a sonar, y los pedacitos de papel de la carta reconstituida se agitaron un poco, a causa tal vez de las ondas sonoras, de las vibraciones internas del aparato que se transmitieron al escritorio, o del sobresalto de Morvan, que a decir verdad fue más mental que físico. El agente de guardia le anunció a una tal Madame Mouton que estaba buscando al comisario Lautret, pero como el comisario no estaba en el despacho especial esa mañana, la mujer le había pedido que la comunicara con Morvan. Intrigado, Morvan esperó unos segundos, hasta que la voz todavía firme de una anciana empezó a resonar en su oído a través del aparato, una de esas voces desconocidas que llegan por teléfono y que, a causa de sus inflexiones, nos inducen a atribuirle a su emisor casi de inmediato una fisonomía imaginaria: Morvan vio a una mujer más que madura, todavía cuidadosa de su persona, viviendo sola en un departamento más bien confortable, y titular de una jubilación importante y de rentas jugosas como se dice, o sea con demasiada libertad económica como para resignarse a depender de nadie, aun cuando se tratase de la policía, pero también demasiado vieja como para que su insistencia, mal disimulada por una entonación mundana, no dejase transparentar una buena porción de ansiedad, y a todo eso Morvan agregó la observación suplementaria de que la protección policial que reclamaba encubría quizás fantasmas de algún otro tipo. De la marea de palabras, Morvan sacó en claro lo siguiente: ella había conocido al comisario Lautret una vez que había ido al despacho especial para informarse sobre la situación alarmante que creaban, para las personas de edad, todos esos crímenes espantosos que se estaban cometiendo en el barrio. El comisario había sido muy amable con ella y había prometido ir a visitarla una noche después del servicio para ver si el edificio en el que vivía y también su departamento observaban las normas de seguridad que había recomendado la policía. La víspera se lo había cruzado a la salida del supermercado, y el comisario le había prometido que iría a verla al día siguiente a las ocho de la noche –*Es decir hoy*, había repetido Madame Mouton en forma cada vez más perentoria– y ella llamaba por lo tanto para recordarle la cita. El comisario Lautret le había dicho que su visita sería de pura rutina, un simple pretexto para tomar un aperitivo y estrechar los vínculos entre la policía y el vecindario, pero ella acababa de escuchar por la radio la noticia sobre el crimen de la Folie Regnault, que quedaba cerca de su casa, y a decir verdad estaba bastante inquieta. Si se atrevía a molestarlo a Morvan, era porque el comisario Lautret le había dado también su nombre para el caso de que necesitase ayuda urgente y él, Lautret, estuviese ausente en ese momento. Morvan trató de tranquilizarla y, después de anotar su dirección y su número de teléfono, le prometió transmitir el mensaje a Lautret. Después colgó.

Un furor inesperado lo ofuscó durante un momento, como si el espectáculo y las consecuencias de veintiocho crímenes atroces le hubieran parecido menos graves que el cálculo paciente y cínico con que Lautret tejía su red mortal. Le parecía poder seguir por una especie de proyección mimética, cada uno de los pasos que iba dando la inteligencia de Lautret, dura, helada y cortante como una lámina de acero, para armar pieza por pieza la trampa que preparaba. Podía entender e incluso aceptar la violencia repentina de los accesos criminales, pero el álgebra obscena de lo que se preparaba le había hecho perder la calma durante unos minutos. Impaciente, se levantó desplazando con torpeza su sillón, y se dirigió a la ventana: en contradicción con la promesa de los dioses de que nunca perderían las hojas, porque debajo de uno de ellos, en Creta, después de haberla raptado en una playa de Tiro o Sidón, el toro intolerablemente blanco, con las astas en forma de medialuna violó a la ninfa aterrada, los plátanos del bulevar alzaban las ramas lustrosas, cargadas de nieve y de estalactitas afiladas, recortando en fragmentos irregulares el aire oscuro en la mañana de diciembre. Durante un buen rato, Morvan se quedó parado cerca de la ventana, inmóvil, con la vista clavada en la nieve revuelta y sucia, a causa de los rastros que los primeros peatones matinales habían dejado en la vereda de enfrente, entre dos bandas intactas de nieve inmaculada. La penumbra grisácea y brumosa era sin duda la claridad máxima que alcanzaría el día de invierno, y unas horas más tarde, un poco después del almuerzo, la oscuridad empezaría otra vez a cerrarse sobre él, Morvan, y sobre ese lugar llamado París, adherido sin razón aparente a ese punto de la costra terrestre, igual que un molusco de caparazón rugosa al pliegue no menos rugoso, duro y casual de una roca vagamente esférica. Durante unos segundos tuvo la convicción extraña y pasajera, pero que le dejó un atisbo de asombro y de intranquilidad, de que, en medio de esa acumulación de casualidades que urdían la textura del mundo, únicamente el hombre o lo que fuese que salía a repetir, casi cada noche, el rito invariable del que él mismo había establecido las leyes, había sido capaz de rebelarse y de crear, aunque más no fuese para sí mismo, un sistema inteligible y organizado. Algo hervía en el interior de Morvan, contrastando con la penumbra helada de la calle, más allá de los vidrios de las ventanas, que al tacto y a la vista parecían láminas de hielo. Con una precipitación que lo asombraba levemente de sí mismo, llamó al agente que atendía la centralita para decirle que no valía la pena buscar a Lautret por el llamado que acababa de recibir, que no era para nada urgente, y que él mismo se encargaría de transmitírselo cuando lo viera, pero pensando, mientras colgaba otra vez el tubo del teléfono, que de todos modos ni él ni nadie vería al comisario Lautret hasta el día siguiente, y que la única posibilidad de encontrarlo antes sería estar esa noche a las ocho en el departamento de Madame Mouton.

A pesar del frío, la víspera de Navidad obligaba a la gente a salir a la calle, y alrededor de la una, mientras se dirigía caminando despacio al restaurante –iba regularmente a un bar de vinos de la rue León Frot o a un restaurante chino de la avenida Parmentier– pudo compro bar que el Burguer King de la plaza estaba repleto. Familias enteras, cargadas de criaturas y de paquetes, hacían cola frente a las cajas o, instalados alrededor de una mesa en bancos inamovibles atornillados al piso, comían menúes idénticos en platos y vasos de cartón, aprovechando el respiro de corta duración en medio de su fatigosa carrera entre la reproducción y el consumo. Previstos rigurosamente de antemano por cuatro o cinco instituciones petrificadas que se complementan mutuamente –la Banca, la Escuela, la Religión, la Justicia, la Televisión– como un autómata por el perfeccionismo obsesivo de su constructor, el más insignificante de sus actos y el más recóndito de sus pensamientos, a través de los que están convencidos de expresar su individualismo orgulloso, se repiten también, idénticos y previsibles, en cada uno de los desconocidos que cruzan por la calle y que, como ellos, se han endeudado en una semana por todo el año que está por comenzar, para comprar los mismos regalos en los mismos grandes almacenes o en las mismas cadenas de marcas registradas, que depositarán al pie de los mismos árboles adornados de lamparitas, de nieve artificial y de serpentina dorada, para sentarse después a comer en mesas semejantes los mismos alimentos supuestamente excepcionales que podrían encontrarse en el mismo momento en todas las mesas de occidente, de las que después de medianoche se levantarán, creyéndose reconciliados con el mundo opaco que los moldeó, y trayendo consigo hasta la muerte –idéntica en todos–, las mismas experiencias concedidas por lo exterior que ellos creen intransferibles y únicas, después de haber vivido las mismas emociones y haber almacenado en la memoria los mismos recuerdos.

Con motivo de las fiestas, el dueño del restaurante chino de la avenida Parmentier lo convidó con un aguardiente de arroz cuando le trajo la cuenta: en el fondo de la tacita de porcelana una muchacha oriental, desnuda, le sonreía en una pose provocativa. Levantando la tacita, Morvan observó a la muchacha y tuvo la impresión de que sus miradas se encontraban –el aguardiente servía de lente de aumento–, pero cuando volvió a mirar el fondo de la tacita después de haberla vaciado de un trago, la imagen diminuta, indefensa y obscena a la vez, había desaparecido. Al salir del restaurante, Morvan dio un paseo indeciso y prolongado antes de volver al despacho. Por todas partes la gente iba y venía cargada de paquetes, entrando y saliendo de los negocios, de los bancos, de los bares, de las peluquerías; no solamente en las avenidas y en los bulevares, sino también en las callecitas laterales que los cruzaban, las hileras de automóviles avanzaban a paso de hombre, arremolinándose en las bocacalles, haciendo ronronear impacientes los motores y sonar las bocinas cuando no lograban avanzar. En los supermercados, los carritos cargados de mercaderías se embotellaban también en los pasillos abiertos entre los estantes multicolores, y se entrechocaban en la proximidad de las cajas. En los negocios más chicos, la gente se probaba ropa, estudiaba los productos que se disponía a comprar o salía a la calle, satisfecha, con sus paquetes envueltos en papeles llamativos y adornados con cintas satinadas que formaban penachos espiralados de muchos colores. Como la víspera, el cielo estaba más claro que el aire, y como hacía menos frío que a la mañana, o le parecía a él a causa de la comida, del aguardiente y de la caminata, Morvan predijo que volvería a nevar. Cuando entró en el despacho especial, y aunque apenas si eran un poco más de las cuatro, ya estaba empezando a anochecer.

Lautret no había dado señales como se dice de vida en todo el día, pero a Morvan el hecho no le produjo ninguna sorpresa y tampoco al agente de guardia, que estaba habituado a las ausencias imprevistas y frecuentes de sus jefes. Dos o tres periodistas lo esperaban en la cocina que servía de oficina de prensa, donde había también un teléfono, tres o cuatro sillas, una cafetera eléctrica y una pila de vasos encastrados unos en otros, más un cesto lleno de vasos usados, retorcidos y empapados de manchas marrón claro de café. Morvan tomó un café con ellos tratando de calmarlos con promesas vagas y con generalidades, y después fue a encerrarse en su oficina. Durante su ausencia había recibido una lista interminable de llamados, del ministerio, del departamento de policía, del laboratorio, de dos canales de televisión, del sindicato de comisarios. Respondió a dos o tres y después de mirar la hora en su reloj pulsera comprobando que ya eran las seis, llamó a Madame Mouton y le dijo que, como el comisario Lautret estaba ausente todo el día, él mismo pasaría a verla a las siete y media. Le pareció percibir una ligera decepción en la voz de la mujer cuando le dijo que lo recibiría con alivio y también con placer, y después de colgar se quedó un momento reflexionando sobre un fenómeno que siempre le había llamado la atención desde que era policía, o sea el instinto casi infalible que induce a menudo a las víctimas a asumir con facilidad, por no decir con diligencia, su papel. Y a las siete y media en punto, estaba tocando el timbre en el departamento más que confortable de Madame Mouton, en la rue Saint-Maur, a unos trescientos metros del despacho especial de la brigada. Mientras esperaba que le abrieran, se sacudió de los hombros, sobre el felpudo, un poco de la nieve que empezó a caer otra vez apenas había salido a la calle. Aunque sabía que algo horrible se avecinaba, no experimentaba, como tantas otras veces, ninguna emoción. Estaba alerta, tranquilo, con la mente clara, y se sentía en perfecta armonía física y –estoy empleando su propio vocabulario– moral.

Cuando Madame Mouton abrió la puerta, Morvan pensó que si había demorado un rato en hacerlo era probablemente porque antes se había ido a echar una última mirada en el espejo. Aunque no era el que esperaba, pareció agradablemente sorprendida por el aspecto de su comisario. Tenía sin duda más de setenta años y si a pesar de todos sus esfuerzos no conseguía disimularlo ante los demás, por el modo en que se vestía y en que actuaba, daba la impresión de haber obtenido en ese sentido algún resultado consigo misma. Morvan pensó que debía haber sido hermosa en su juventud, pero que no eran los años sino los esfuerzos excesivos que hacía para seguir pareciéndolo los que la afeaban. Le hubiese parecido mejor con el cabello blanco, despintada y en pantuflas, leyendo cerca de la chimenea, que tan bien vestida, llena de joyas, el pelo teñido de un color rojizo y los labios y las mejillas reavivados, con discreción por supuesto, de lápiz labial y de colorete. Por el modo en que parpadeó al abrir la puerta, Morvan comprendió que habitualmente debía usar anteojos, pero que los había dejado a propósito en el interior para causar mejor impresión en su visitante. Morvan se plegó a esa atmósfera de simulación, y antes de entrar en el departamento propiamente dicho inspeccionó un buen rato la cerradura, que era lo más común, y para tranquilizar a la dueña de casa, le mintió asegurándole que la encontraba apropiada, diciéndose al mismo tiempo en su fuero interno que ni una, ni tres, ni mil cerraduras serían suficientes para impedirle entrar al vendaval que esa presencia oscura acurrucada en el hombre o lo que fuese, al ponerse en movimiento, arrasadora, levantaba. En la sala había una chimenea donde ardía un fuego vivaz y, sobre una mesita baja, instalada entre tres sillones confortables de cuero, dos copas de champaña todavía sin usar y unos platitos cargados de ingredientes para el aperitivo. Para darle la certidumbre de que vendría al día siguiente, le dijo a Morvan Madame Mouton, al cruzarse con ella en el supermercado el día anterior, el comisario Lautret había comprado una botella de champaña para el aperitivo y se la había dado, diciéndole que la pusiera al fresco para celebrar el encuentro, la verificación de las medidas de seguridad, y al mismo tiempo despedir el año quc terminaba. Morvan debe haber pensado, tal vez con ironía e incluso con saña que, para Madame Mouton, esa botella estaba destinada a despedir, no únicamente el año que llegaba a su fin, sino también el tiempo entero, el fluido sin substancia ni forma precisa, ni dirección definida que desgasta, sin compasión pero también sin crueldad, los seres y las cosas. Morvan le entregó el sombrero que tenía en la mano y después el sobretodo del que se extrajo laboriosamente. Madame Mouton los dejó sobre el sillón que seguiría desocupado durante la entrevista y lo invitó a sentarse en uno de los dos que quedaban libres. Apenas estuvo instalada frente a él, del otro lado de la mesita baja preparada para el aperitivo, la dueña de casa empezó a interrogar a Morvan sobre el crimen de la Folie Regnault, del que conocía los detalles por las informaciones de la radio y de la televisión, con un interés, o al menos así se le ocurrió a Morvan, excesivo por los aspectos macabros que parecían despertar en ella menos compasión que una especie de euforia inexplicable. Morvan se descubrió pensando con cierta severidad que para la anciana que tenía enfrente, y que no parecía todavía haberse resignado a ser una anciana, la ola como se dice de crímenes podía muy bien no ser más que un pretexto para vaciar en su departamento que ya no debían visitar muchos hombres vigorosos, una botella de champaña en compañía de algún oficial de policía treinta años más joven que ella. Como mientras la escuchaba, Morvan, pensando en la llegada posible de Lautret, miró su reloj pulsera para ver si ya eran las ocho, ella interpretó su gesto como una muestra de impaciencia y murmurando algunas formalidades, se levantó y dijo que iba a buscar el champaña y otras cositas a la cocina, desapareciendo por alguna puerta que quedaba detrás del sillón en el que Morvan estaba sentado.

Durante un momento, únicamente el fuego de la chimenea, incesante y vivaz, interrumpió el silencio total de la sala, con sus crepitaciones y su chisporroteo intermitente, hasta que Morvan dejó de escucharlo y, después de haber estado mirando fijamente las llamas, dejó deslizar su mirada atenta y tranquila por la habitación. Cuando llegó al sombrero y al sobretodo que yacían en el sillón de cuero, un detalle imprevisto le llamó la atención: Madame Mouton había plegado más bien hacia afuera el sobretodo, de manera que una buena parte del forro sedoso estaba a la vista, la parte donde se abría el bolsillo izquierdo, que Morvan, que ni siquiera fumaba, no usaba nunca por no decir, y casi ninguna exageración, que hasta desconocía su existencia. Del bolsillo emergía, ocupando todo el ancho de la abertura, el borde de un envase de plástico transparente, y tan delgado que apenas si era visible, pero el abultamiento leve del bolsillo permitía adivinar que era más delgado que lo que contenía, uno de esos sobres herméticos de plástico cerrados por una máquina que aplasta todo el perímetro de los bordes comprimiendo al máximo el contenido. Morvan no se acordaba de haber puesto ningún objeto en ese bolsillo, del que como acabo de decirles ignoraba hasta la existencia, pero mientras se levantaba y se inclinaba hacia el sobretodo para sacar el envase de plástico, ya había adivinado lo que contenía, o sea un par de guantes de látex plegados y achatados en el interior del sobre transparente, un par de esos guantes que por razones de higiene usan los empleados de las fiambrerías para manipular las tajadas de fiambre, despegándolas unas de otras sin deteriorarlas, como hubiese ocurrido con un cuchillo y un tenedor y despachárselas a los clientes. Examinándolos con curiosidad y extrañeza, comprendió de inmediato que el hombre, o lo que fuese, los utilizaba con la naturalidad exacta de un matarife para realizar con mayor eficacia su trabajo sin dejar huellas digitales. Con ellos podía manejar mejor el cuchillo y, después de dejar el cuchillo a un lado, abrir, separar, escarbar, desgarrar, arrancar, directamente con los dedos. Esas manos blancas de látex tenían algo en común con sus víctimas, porque a las dos el hombre o lo que fuese podía usarlas en su ritual despreciable hasta volverlas casi irreconocibles y después tirarlas. Morvan nunca había visto esos guantes en su vida, y dedujo que algún otro, alguien que estaba tendiéndole una trampa para abolir en él toda esperanza, los había puesto en su bolsillo. Se le ocurrió la idea increíble de que, al recibir el sobretodo de sus manos, Madame Mouton había deslizado, con rapidez y discreción, los guantes en el bolsillo, con un designio tan abominable que una confusión de asco y furor lo enceguecío durante un momento. Pero casi de inmediato su mente se volvió clara y alerta otra vez, y como oyó la puerta de la cocina que se abría a sus espaldas, dejó caer el sobretodo en el sofá, y se guardó rápidamente los guantes en el bolsillo del saco.

Madame Mouton traía la botella de champaña y unos canapés triangulares de salmón ahumado cuidadosamente dispuestos sobre un platito. Morvan la estudió con disimulo sin extraer ninguna conclusión; su mirada rebotaba contra la cara al mismo tiempo común e impenetrable, y sin embargo las frases banales que la anciana profería le parecían tener todas más de un sentido, una intención implícita que, por mucho que se concentrara en ellas, no lograba develar. Se preguntó si, cada vez que el hombre o lo que fuese se había encontrado frente a frente con su víctima, el mismo doble malentendido se había instalado entre ellos, porque así como él no lograba interpretar las frases en apariencia banales de la anciana, le parecía que también ella cometía un error cuando juzgaba al hombre que tenía enfrente y de ese modo era como si hubiese más de dos personas en la pieza, las presencias palpables de carne y hueso, y la estilización insensata que cada uno hacía del otro. A decir verdad, cuando el cuchillo caía, ya hacía rato, probablemente desde el comienzo del mundo, que la aniquilación había tenido lugar. Morvan miraba a la mujer tratando de imaginarle una biografía: ahora estaba inclinada hacia la mesita baja, haciéndole lugar al plato que contenía los canapés triangulares de salmón y él, que se había quedado parado cuando ella entró desde la cocina, veía la cabeza frágil y expuesta, los hombros estrechos, la piel arrugada y llena de vetas marrones de la mano encogida que sostenía el plato, y los dedos finos y cargados de anillos que aferraban el cuello de la botella. El pelo rojizo, y ya un poco ralo, estaba dividido en dos masas simétricas por una raya tortuosa y blanca de cuero cabelludo. Después de dejar el plato sobre la mesita, Madame Mouton se incorporó tratando de reprimir un jadeo que traicionaba su edad, y le extendió la botella de champaña para que Morvan la abriese. Una ligera incomodidad flotaba en la habitación: brusca e inexplicablemente desconectada, la máquina de producir ensoñaciones que los dos llevaban adentro había dejado de funcionar, volviendo irreales por un momento, no el desfile de invenciones irrazonables que maquillaban lo exterior hasta darle la forma pueril del propio deseo, sino por paradójico que parezca la substancia rugosa del presente en la que estaban incrustados, formando indisolublemente parte de ella, igual que las vetas en la piedra o los nudos en la madera. Ella pareció de pronto exhausta, transformándose en la viejecita que se resistía a ser, y los años muertos, que había estado tratando de ignorar, vertiginosos, se acumularon de golpe en su mirada. Morvan observó el cambio, pensando que tal vez ya era demasiado tarde para ella y, simulando no haber percibido nada, empezó a abrir la botella.

Cuando las copas estuvieron llenas, brindaron de pie, y después de tomar el primer sorbo, volvieron a instalarse en los sillones de cuero. Debido quizás a los primeros sorbos de champaña, la conversación se animó un poco, y antes de que se dieran cuenta, ya se habían tomado media botella. La simulación mutua del principio y el malestar que siguió más tarde, cuando ella había vuelto de la cocina con la botella de champaña, se disiparon gradualmente y, un clima de confianza e incluso de confidencia se instaló entre ellos. Morvan comprendió que la anciana estaba realmente preocupada con todos esos crímenes que habían sido cometidos en el barrio, y se dijo que no debía ser fácil para ella debatirse en esa inmensa ciudad gris en la que cada uno tenía que sobrevivir por sus propios medios, y en la que, a causa del aislamiento forzado en que sumía habitantes, y que se había vuelto una especie de norma, la noción misma de sociedad, banalizada por el uso, parecía haber perdido todo sentido. Sentía también que Madame Mouton había depuesto su actitud seductora, grotesca en una mujer de su edad, y que se había resignado a aceptar los años que la agobiaban, admitiendo el carácter estrictamente profesional de su visita. Para probarle que él se ocuparía en forma personal de su seguridad, Morvan metió la mano en el bolsillo interior del saco y, abriendo su billetera, sacó una tarjeta de visita en la que figuraban no sólo los teléfonos del despacho especial, sino también el número de su casa. Pero cuando levantó la cabeza disponiéndose a extenderle la tarjeta, notó que Madame Mouton se había quedado inmóvil, pensativa, con los ojos entrecerrados y la nuca apoyada en el respaldar de cuero del sillón. Durante unos segundos, Morvan se quedó también inmóvil, con el brazo a medio extender, el rectángulo blanco de la tarjeta aferrado por el pulgar y el índice, oyendo en una curiosa lejanía la crepitación del fuego y la respiración regular de la anciana, y después, con la misma concentración lenta y laboriosa, semejante a la de un borracho, con la que la había sacado, volvió a colocar la tarjeta en uno de los compartimentos de la billetera. Ya se disponía a plegar otra vez la billetera y a metérsela en el bolsillo, cuando un detalle en uno de los billetes que sobresalía le llamó la atención: un segmento de una de esas abominables guirnaldas ovales que adornaban los billetes de sus sueños era visible cerca del ángulo superior del billete real. El hecho le parecía imposible, en contradicción violenta con toda lógica y enemigo también de toda esperanza, y para que los últimos vestigios de pensamiento claro no lo abandonaran, juntó fuerza y coraje y sacando los billetes los desplegó en la palma de la mano, para comprobar que las efigies de Escila, Caribdis, Gorgona, Quimera, estaban impresas en ellos, y amenazadoras y distantes a la vez, parecían aceptar desdeñosas el homenaje pueril de las guirnaldas grises con que las decoraba la devoción tosca de sus adoradores. La perplejidad llegó primero que el espanto, y antes de que una muchedumbre de presentimientos oscuros se confirmaran y la certeza de su perdición se hiciese enteramente presente, se encontró vagando por la penumbra crepuscular, acerada por la reverberación de la nieve, de la ciudad levemente transformada por la alquimia ruinosa de su sueño. Los templos achatados en los que había que entrar casi en cuatro patas revelaban la esencia verdadera de sus dioses, y los monumentos públicos, borroneados por la indecisión de sus ideales o por la erosión, erigían formas confusas, efigies ecuestres o centauros, pulpos gigantes o esfinges, ángeles o águilas carniceras, héroes o mamuts. Las caras alargadas de los habitantes, grises y poco diferenciadas unas de otras, volvían remota la posibilidad de encontrar una que despertase simpatía, compasión, amistad o incluso odio, o que simplemente llamase la atención. En esa penumbra amarga en la que pasaban las horas, los días, las semanas, todo parecía igualado, monótono, resignado, y sobre todo inútil. Por primera vez desde que tenía ese sueño, Morvan comprendió que esa ciudad se erigía en lo más hondo de sí mismo, y que desde el primer instante en que había aparecido en el aire de este mundo, nunca había transpuesto sus murallas para salir a un improbable exterior.

De tanto recorrer la ciudad apesadumbrado y perplejo, Morvan empezaba a sentirse más y más sofocado, hasta despertarse, sudoroso, pero calmo –su sueño, a pesar de los detalles sombríos y deprimentes, no era una verdadera pesadilla–. En sus primeras impresiones de la vigilia predominaba la extrañeza, no la angustia. Después, el día entero seguía impregnado de los estados de ánimo del sueño, que iban disipándose poco a poco. Esa noche, la misma sensación de calor sofocante y unos golpes lejanos lo devolvieron a la vigilia. Cuando abrió los ojos, un vapor blanquecino flotaba en un cuarto de baño iluminado. Un chorro de agua caliente salía de la canilla de la bañadera y Morvan, arrodillándose, comprobó que el agua, a medida que iba saliendo de la canilla, desaparecía por el desaguadero. Se incorporó en dos tiempos, apoyándose de rodillas primero en el borde de la bañadera y poniéndose después de pie. Estaba completamente desnudo y cubierto de sangre. El vapor del agua caliente empapaba la superficie del espejo y Morvan, vacilando un poco, mientras trataba de mantener el equilibrio, fue viendo despuntar en su interior, una idea absurda y terrible a la vez, pero tan perentoria y creciente que, a pesar de la angustia por primera vez intensa que lo embargaba, ya no tenía la menor duda de que iba a ponerla en práctica: le parecía que si limpiaba el vapor que lo cubría, el espejo le mostraría la imagen del hombre o lo que fuese que venía buscando desde hacía nueve meses. Pero cuando con movimientos inhábiles y lentos cerró la canilla y limpió el espejo con la palma de la mano, a pesar de que el espejo reflejaba su propia imagen, no la reconoció como suya. Él sabía que él era él,Morvan, y sabía que estaba mirando la imagen de un hombre en el espejo, pero esa imagen era la de un desconocido con el que se encontraba por primera vez en su vida. Entre lo interno y lo exterior, los puentes laboriosamente tendidos día tras día, desde el alba vacilante y lívida hasta el centro mismo de la noche, estaban derrumbados.Voces precipitadas y familiares que resonaban en alguna parte de la casa lo sacaron de su estupor, y cuando se dio vuelta decidido a encararlas y vio reflejado el movimiento que hacía para dirigirse a la puerta, la imagen del hombre desnudo que miraba desde el espejo su propio movimiento le resultó otra vez familiar, y la fusión aparente del ser y de su imagen inalcanzable se encontró una vez más restituida.

Lo que sigue apareció en todos los diarios, fue difundido por todas las radios, comentado en la televisión, desmenuzado en dos o tres éxitos de librería precipitados, archivado en un legajo voluminoso de la Brigada Criminal. Lautret, Combes y Juin, seguidos de varios agentes armados, entraron en el departamento de Madame Mouton en el mismo momento en que Morvan, viniendo desde el cuarto de baño, desnudo y cubierto de sangre, penetraba en la sala. Los pies desnudos de Morvan tropezaron con un objeto que por la fuerza del golpe rodó un trecho sobre la alfombra y se detuvo junto a los zapatos humedecidos de nieve de los policías: la cabeza de Madame Mouton. El cuerpo yacía, desnudo y mutilado, en el mismo sillón de cuero en el que Morvan la había visto por última vez, inmóvil y pensativa. Un desorden sangriento reinaba como se dice en la habitación. También la botella de champaña había rodado por el suelo, y los ingredientes para el aperitivo, deshechos y pisoteados, estaban dispersos como si alguien, de un modo deliberado, los hubiese tirado al voleo por la habitación. Los guantes de látex blanco y un enorme cuchillo de cocina descansaban ensangrentados en la mesita baja, junto a la copa intacta de Madame Mouton, llena todavía, hasta la mitad de champaña tibio. En la chimenea no quedaba más que un montoncito de brasas cubiertas por una capa de ceniza blanca. Morvan comprendió que para el universo entero la caza había llegado a su fin, porque era demasiado buen policía como para ignorar que resultaría imposible probarle a las redes férreas de lo exterior que quizás estaban equivocándose de presa. Incluso para él mismo, su posible inocencia era tan incomunicable y remota como un recuerdo o como un sueño. Fragmentos vastos de su vida se le escapaban, y la verdad íntima de su propio ser era para él más inasible y oscura que el reverso negro de las estrellas. La certidumbre intensa de esa imposibilidad aventó los últimos vestigios de esperanza. Dos o tres policías habían querido arrojársele encima, pero Lautret los obligó a detenerse con un ademán perentorio. Quedaron todos inmóviles en la habitación, como muñecos que, a causa de la ausencia definitiva del artesano que los construyó y los dotó de movimiento, permanecían rígidos y estáticos en acciones interrumpidas a mitad de camino, simulacros huecos de cartón pintado, el grupo de policías con ropa gruesa de invierno todavía espolvoreada de nieve, amontonados detrás de la reproducción en tamaño natural del comisario Lautret, enfrente, con un brazo extendido hacia ellos, el hombre o lo que fuese desnudo y ensangrentado, y en el fondo, repantigado sobre el sillón de cuero, el maniquí hecho trizas y sin cabeza del que, por unos tajos exageradamente abiertos, se entreveían, rojos, verdosos y azulados, los falsos órganos de plástico, muñecos más exteriores, casuales y carentes de vida que el elemento negro y gélido de cuyo seno, inesperados, emergieron, y que, tarde o temprano, porque sí, los reabsorberá. Fue Morvan el que hizo el primer movimiento: alzando la cabeza, buscó los ojos de Lautret para tratar de descubrir en ellos el triunfo, pero, decepcionado y confuso, únicamente atisbó la compasión.

En veinticuatro horas, la célula de crisis presidida por el prefecto, pero dirigida en realidad por Lautret, y compuesta de magistrados, de médicos forenses, de policías y de psiquiatras, armó el rompecabezas y preparó un primer comunicado de prensa. En las semanas que siguieron, cada uno de los detalles fue desmenuzado: desde hacía un par de meses, un informe confidencial sobre Morvan circulaba entre los altos jefes de la policía. Por supuesto que a nadie se le ocurrió que podía ser el autor de la interminable serie de crímenes, pero existían serias sospechas sobre su salud mental. Su existencia solitaria y su temperamento taciturno se habían acentuado después de su separación, y sobre todo después del suicidio de su padre, y era evidente que sus tendencias depresivas se habían agravado en los últimos meses. Además, y eso era lo más preocupante, varios policías lo habían cruzado durante sus vagabundeos nocturnos, y habían notado su aire ausente, semejante al de un sonámbulo, hasta tal punto que había pasado junto a ellos sin reconocerlos. Dos o tres madrugadas había entrado al despacho especial sin mirar a nadie, como si caminase dormido, y había ido a encerrarse en su habitación hasta la mañana siguiente. En realidad, la carta del ministerio trataba en forma velada de Morvan y como Lautret, que lo defendía ante sus jefes, se había dado cuenta de lo que se preparaba, la había roto con ostentación ante sus colegas para mostrar públicamente, pero no de modo explícito, su lealtad para su amigo. Lautret estaba por otra parte convencido de que Morvan –tanto confiaba en su perspicacia– sospechaba lo que se estaba tramando contra él.

La noche del asesinato de Madame Mouton, Lautret, que se había olvidado de la cita, volvió al despacho especial a eso de las diez y media y se enteró por el agente de servicio del llamado de la anciana. Decidió llamarla para disculparse y, como no contestaba, se empezó a preocupar, de modo que reunió a sus hombres y fueron a toda velocidad a la rue Saint-Maur. Como nadie salía a abrirles, forzaron la puerta. Así fue como sorprendieron a Morvan saliendo del cuarto de baño, desnudo y ensangrentado, junto al cadáver mutilado de Madame Mouton. Había impresiones digitales de Morvan por toda la casa, incluso en la copa de Madame Mouton, y descubrieron que, para operar con mayor comodidad, le había puesto un somnífero en el champaña. Habían encontrado en la copa de Madame Mouton, pero en el resto que había quedado en la botella volcada no había rastros del somnífero. El cuchillo venía de la cocina. Como no había habido ni violación ni rastros de eyaculación sobre el cuerpo de la víctima, como en todos los otros casos, y como por primera vez se había utilizado un somnífero para adormecerla, Lautret sostuvo en las primeras horas de la investigación que quizás Morvan había cometido ese único crimen en un parto de demencia, pero Combes y Juin, que mandó a registrar el departamento de Morvan, volvieron con un manojo de veintiocho llaves –todas correspondían a las cerraduras de los departamentos donde habían sido cometidos los crímenes– y un paquete de cien pares de guantes de látex, del que faltaban exactamente veintinueve. Para la policía y la justicia, el caso estaba cerrado. Cuando llegó el momento de enfrentar a la opinión pública, Lautret pidió que lo relevaran, pero su pedido fue rechazado, de modo que durante una semana apareció en todos los noticieros de la televisión y de la radio, explicándole al público los pormenores del caso. Apenas se liberaba, iba a encerrarse en el departamento de Caroline.

Menos gloriosa, la fama de Morvan superó la del comisario. Su fotografía borrosa adornó, a varias columnas, la primera plana de los diarios. A un periodista se le ocurrió llamarlo *El monstruo de la Bastilla*, y casi de inmediato todos los otros adoptaron el sobrenombre, llenando páginas y páginas sobre Morvan, del que en realidad no sabían casi nada, convirtiéndolo, por lo menos durante un mes, en uno de los personajes más célebres del país, por no decir del continente, y si queremos aproximarnos a la verdad, del mundo entero. La prensa sensacionalista lo acusó de canibalismo y llegó a atribuirle, por medio de especulaciones tortuosas, varios crímenes que habían quedado sin resolver. No hubo manifestaciones para lincharlo, porque allá no se estila, pero, entre cuatro paredes, en la soledad de sus juegos de dormitorio comprados a crédito y de sus recuerdos de vacaciones traídos de las Baleares, de Turquía o de la Costa Azul, cada uno de los telespectadores y de los lectores de revistas que cuentan la vida privada de los políticos, de los jugadores de fútbol, de las putas de lujo y de la familia real inglesa, en el tumulto de sus emociones toscas y fugaces como fuegos fatuos, ya había puesto su cabeza en el cepo y había dejado caer mil veces la hoja de la guillotina. Pero la infamia en letras de molde, si es por supuesto intolerable, tiene como característica principal la inestabilidad, fruto de una ausencia de deseo propio, lo que le da a sus víctimas la promesa de un olvido pronto y seguro. A Morvan ese renombre espectacular ni siquiera lo rozaba, porque a partir del momento en el que salió desnudo y ensangrentado del cuarto de baño cayó en un ensimismamiento profundo. Cuando el comisario Lautret se le acercó y lo incitó con suavidad a vestirse y a acompañarlo al despacho especial, Morvan sacudió varias veces la cabeza y emitió una risita sarcástica, que Lautret le conocía, y que en general expresaba en él una sensación de evidencia ante un razonamiento o un hecho curioso pero incontrovertible. Aunque Lautret y los demás policías, que lo contemplaban estupefactos, lo ignoraban, el hecho ineluctable sobre el que Morvan reflexionaba cuando empezó a vestirse, era la convicción que tenía de que si bien le resultaría imposible demostrar su inocencia en el mundo exterior, le sería todavía mucho más difícil probársela a sí mismo, y aunque no le quedara en la memoria ningún residuo empírico de sus actos, nunca podría estar seguro de no haberlos cometido, así como inversamente de muchos otros de los que tenía recuerdos en apariencia verídicos, una vez que se habían diluido en el mar del acontecer, nadie, y mucho menos él, podría estar seguro de que habían efectivamente sucedido. Ahora que todo parecía indicar que era él el que había cometido esa serie de crímenes atroces, la sensación angustiosa de proximidad de esa sombra destructora había desaparecido y, en vez de agobiarlo, la abolición de toda esperanza, contradictoria y benévola, lo aliviaba. Cuando terminó de vestirse, acompañado de Lautret y de un par de agentes –los otros se quedaron a repertoriar meros hechos y pruebas– se dejó conducir, dócil, al despacho especial, con los ojos fijos en la nieve de medianoche cuyos copos venían a estrellarse contra el parabrisas del auto.

A partir de ese momento, y durante semanas, dejó de hablar, por haber comprendido que, en la red material en la que había caído, ya no servían las palabras. A los interrogatorios interminables respondía a veces con un movimiento de cabeza, o con alguna expresión excesiva y lenta, como por ejemplo abriendo desmesuradamente los ojos y la boca, y sin que ese movimiento de cabeza o esa expresión tuviesen ninguna relación con la pregunta; a veces, a una misma pregunta respondía con un movimiento de cabeza que empezaba siendo afirmativo y terminaba por una negación, e incluso con un movimiento que era al mismo tiempo afirmativo y negativo, y que a causa de ese sentido combinado terminaba volviéndose vagamente circular. De vez en cuando, la risita sarcástica y pensativa reaparecía, lo cual, en vez de hacer progresar los interrogatorios, los empantanaba, porque esa convicción secreta y satisfecha que la risita parecía revelar, era como una pared lisa de acero que se interponía entre él y el universo, de modo que al cabo de unos días los policías y los magistrados, exhaustos y obedeciendo a la presión insistente del comisario Lautret, lo abandonaron a los psiquiatras.

Por deformación profesional, los policías tienden tal vez a creer demasiado en la simulación, y los psiquiatras demasiado en la demencia. Una tercera explicación, comotodo lo que no tiene nombre, les parece inaceptable. De modo que al poco tiempo se estableció con certeza que *el monstruo de la Bastilla* como lo llamaban era como se dice un esquizofrénico. Con la ayuda de Caroline e incluso de Lautret, puesto que al propio Morvan, que sin embargo se prestaba con docilidad a todas clases de test escritos, no pudieron sacarle una palabra, los psiquiatras pudieron reconstituir su historia clínica y explicar las razones de su comportamiento. Caroline contó en detalle la vida en común que habían llevado durante años. Según ella, Morvan era un hombre generoso y solícito, pero taciturno y distante. Ese tipo de ataque sonambúlico lo había tenido en forma espaciada en los últimos años y, poco antes de la separación los trances se habían vuelto más frecuentes. Pero como en general le daban durante el sueño, ella había pensado que se trataba de sonambulismo ordinario. Una sola vez lo había visto levantarse, vestirse, y salir a la calle en ese estado. Como había oído decir que para un sonámbulo puede resultar peligroso ser despertado brutalmente, lo había seguido por la calle durante una buena media hora. Morvan caminaba un poco más rígido que de costumbre, pero se comportaba como una persona normal. Después había vuelto a la casa, había abierto la puerta cerrada con llave, se había desvestido, y se había vuelto a meter en la cama. Según Caroline, al día siguiente no se acordaba de nada, pero le había contado un sueño extraño, hablándole de un paseo por una ciudad desconocida y al mismo tiempo familiar. Los psiquiatras le dijeron que, en ciertos tipos de esquizofrenia, se produce un desdoblamiento total de la personalidad, y los actos que el sujeto realiza durante el período de desdoblamiento no llegan nunca a su conciencia, enteramente ocupada por una ensoñación delirante que oculta las representaciones de origen empírico. Según los psiquiatras, era muy posible que, debido a una fuerte presión de sus sentimientos de culpabilidad, desde el momento mismo en que el impulso de matar le venía, la ensoñación delirante, semejante a la falta de conciencia de un sonámbulo que mientras duerme actúa simultáneamente y sin cometer errores en el campo empírico, se instalaba en su conciencia por el tiempo que duraban sus actos, de modo que ni antes, ni durante, ni después Morvan estaba al tanto de los crímenes que cometía. Gracias a su historia familiar, a los psiquiatras les fue relativamente fácil explicar la causa de esos crímenes. Abandonado por su madre después del parto,Morvan fue una criatura más bien triste, y por grande que fuese, el apoyo afectivo de su padre no resultó suficiente para consolidar su equilibrio: adquirió una personalidad ligeramente disociada, con un gran sentido de la responsabilidad, debido tal vez a un complejo de culpa por la desaparición de la madre que, según la primera versión del padre, que Morvan escuchaba con frecuencia durante la infancia, había muerto durante el parto, es decir a causa de su nacimiento. Morvan debía haber desconfiado instintivamente de la versión del padre, y su inclinación a resolver enigmas criminales podía provenir de la certeza inconsciente de que había elementos misteriosos en su propia infancia. Como prueba de su personalidad disociada, los psiquiatras dieron la confidencia de Caroline, según la cual la vida sexual de Morvan era más bien pobre y convencional. A medida que pasaban los años, las investigaciones criminales fueron ocupando exclusivamente su interés, y como no ignoraba sus propias carencias, él mismo había decidido separarse para devolverle la libertad a Caroline.

Esa separación desencadenó, según los psiquiatras, la catástrofe. Al enterarse, el padre de Morvan, que había guardado el secreto durante más de cuarenta años, pensó que era el peso de ese secreto lo que estaba destruyendo la vida de su hijo, respecto del cual se había sentido una carga, no sólo en los últimos años, sino desde siempre, por no haber sido capaz de retener a su mujer. También él se sentía culpable, y la historia se repetía, de modo que decidió, antes de suicidarse, decirle la verdad. De vuelta del asilo,Morvan le había contado la historia a Caroline diciéndole que, después de los cuarenta años transcurridos, la actitud de su madre, le resultaba indiferente. Según los psiquiatras, esa indiferencia aparente era un modo de luchar contra los instintos agresivos que siempre habían estado latentes en él, como lo probaban su conducta sexual y su separación, pero que ahora empezaban a reactivarse. El suicidio del padre desencadenó su odio hacia todo lo femenino.

Veintinueve ancianas inocentes, según el término empleado por los psiquiatras, quienes, una vez que han probado su capacidad de emplear el vocabulario de la profesión, al que ellos llaman científico, se autorizan siempre algunas licencias oratorias, veintinueve ancianas inocentes fueron sus víctimas sustitutivas. En cada una de ellas, Morvan veía a la madre que lo había abandonado. Con mucha perspicacia, los psiquiatras hicieron notar en su informe que todas las viejecitas tenían alrededor de setenta y cinco años, que hubiese sido la edad aproximada de la madre de Morvan si todavía viviese. Un ceremonial riguroso y desde luego simbólico presidía como se dice los asesinatos. Morvan debía presentarse a las viejecitas creyendo sinceramente que, en tanto que jefe del despacho especial, su única preocupación era protegerlas. Una etapa de seducción mutua se establecía, según los psiquiatras, entre él y las viejecitas. Siempre según los psiquiatras, había un aspecto erótico evidente en esas relaciones, aunque ni Morvan ni las viejecitas se diesen la mayor parte del tiempo realmente cuenta. Morvan las convencía de mantener en secreto sus relaciones para no alertar al asesino, dándoles la ilusión de colaborar con la investigación policial. Y si las viejecitas caían con tanta facilidad en la trampa, era gracias a la autoridad oficial de Morvan, que las hacía sentirse protegidas, y al hecho de que se trataba de un hombre en la plenitud de su vigor físico, lo que despertaba en ellas, a través de esa intimidad protectora, sensaciones olvidadas desde hacía mucho tiempo. En algunos casos, habían incluso cedido voluntariamente, en un brusco rejuvenecimiento, al comercio sexual, antes de que la ceremonia propiamente dicha, y de la que se sentían al abrigo por estar justamente en compañía de Morvan, tuviese lugar. Esa ceremonia en apariencia tan cruel tenía su lógica, según los psiquiatras, y vista con los ojos de la ciencia, según ellos, presentaba mucho más sentido de lo que parecía: ellos interpretan todo en su informe como resultado de una relación amorodio con la imagen de la madre. Las torturas por ejemplo no eran practicadas por puro sadismo, sino con el fin de verificar si ese cuerpo exterior al suyo, del cual él había sido expulsado, era sensible al dolor igual que su propio cuerpo, y las diferentes mutilaciones, decapitación, descuartizamiento, aberturas toráxicas o abdominales, así como también la costumbre de hurgar, separar las vísceras, los ojos, la lengua, las orejas, etc., un intento por desentrañar –ignoro si la palabra fue elegida a propósito por los que redactaron el informe– el supuesto misterio del cuerpo materno, y también quizás las razones por las que ese cuerpo, desaparecido sin dejar rastro en el instante mismo en que él había entrado en la luz de este mundo, según los psiquiatras, se había dejado fecundar para engendrarlo, alimentarlo, mantenerlo tibio y protegido durante nueve meses, y después dejarlo caer, inacabado y sangriento, abandonándolo definitivamente. Las violaciones *pre* y *post mortem* eran también, según los psiquiatras, un síntoma de ambivalencia, que demostraba el deseo sexual hacia su madre, y en una nota al pie de página, en un tono extracientífico, de tipo aforísticofilosófico más bien, el informe hacía notar que ese amor instintivo y demencial por la madre que lo había abandonado, de igual modo que la confianza y la atracción erótica de las viejecitas por su verdugo demostrarían que, más allá de lo que decía Oscar Wilde, que el informe cita con nombre y apellido, los seres humanos no solamente destruyen lo que aman, sino que sobre todo aman lo que los destruye. De no haberlo sorprendido el comisario Lautret y los otros policías del despacho especial, Morvan hubiese podido proseguir al infinito su serie de crímenes, con la misma regularidad e incluso de un modo más acelerado, hasta varias veces por día, según la urgencia de sus pulsiones, y los psiquiatras en el informe comparaban la demencia de Morvan a un artefacto mecánico construido para efectuar un solo movimiento y condenado a repetirlo una y otra vez hasta que el desgaste del material y la avería definitiva del mecanismo se lo impidiese, sin la más remota posibilidad de salirse de ese esquema. Puesto que no había conciencia del acto, no podía haber ni modificación ni abandono ni arrepentimiento. Mientras su brazo tuviese la fuerza de elevarse y caer blandiendo el cuchillo, según los psiquiatras, lo haría indefinidamente en presencia de una viejecita, sin vacilación y sin remordimientos. Por eso, aunque dictaminaron en forma unánime la irresponsabilidad penal, recomendaron con vehemencia a la justicia la internación de Morvan en un manicomio, en una celda individual pero, y a pesar de su mansedumbre aparente, en el pabellón de locos furiosos. Los psiquiatras parecían considerar a Morvan como uno de esos objetos a los que, por ignorar su contenido, su mecanismo y su uso, se considera peligrosos, y por las dudas, se prefiere mantener aislados.

Ese aislamiento no parecía perturbar demasiado a Morvan. Al cabo de unos meses, empezó a hablar otra vez. Es verdad que no decía gran cosa pero, por lo menos, cuando se le formulaba una pregunta, contestaba de un modo preciso, en lo posible con algún monosílabo, y si necesitaba algo, lo pedía de manera directa, amable y natural. Desde un punto de vista físico, el encierro también parecía haberle hecho bien: comía con buen apetito, y aunque se negaba a recibir visitas, aceptaba de buena gana los paquetes de ropa y alimentos que Caroline le mandaba regularmente. Parecía más impasible que sereno y muy cuidadoso de su aseo y de su aspecto personal, de modo que entre los locos del manicomio, siempre llamaba la atención a los visitantes, porque estaba limpio, bien afeitado, y vestido de manera impecable, hasta tal punto que muchos de esos visitantes lo tomaban por algún miembro del personal, y a veces llegaban hasta pedirle algún informe que Morvan, de un modo cortés y expeditivo, les suministraba sin equivocarse. Aunque parezca increíble el estado, gracias a la intervención de algunos colegas, se le otorgó una pensión por invalidez, de modo que hasta tenía una cuenta en el banco que, como no gastaba en casi nada, le daba muy buenos intereses. Todos los días, acompañado de dos enfermeros, dos hombres de aspecto ni más ni menos vigoroso que él, salía a correr varios kilómetros por el campo de deportes del establecimiento. Cuando iba al dispensario a pasar los exámenes clínicos de rutina, el médico de guardia, mientras lo auscultaba o le tomaba la presión, sacudía la cabeza riéndose, y diciendo que, con la salud que parecía tener, Morvan enterraría probablemente a todos sus conocidos. Irguiendo el torso desnudo y musculoso que el médico recorría apoyando la oreja contra la piel o dándole aquí y allá un golpecito con los nudillos, Morvan dejaba transparentar, sin que el médico que lo creía casi catatónico lo advirtiera, en los ojos más que en los labios, una sonrisa levísima, que revelaba un orgullo enigmático.

Un día llamó por teléfono a Caroline y le pidió que le mandara su viejo libro ilustrado de mitología, que conservaba desde la infancia, y que su padre le había traído a la casa de la abuela, de vuelta de uno de sus viajes, y también el doble de todos los documentos relativos a los veintisiete primeros crímenes, que había tomado la precaución de guardar en su casa, y que fuera a pedirle a Combes, no a Lautret, una fotocopia de los dos últimos. Caroline le trajo personalmente el paquete, pero Morvan se negó a recibirla, limitándose a hacerle entregar por uno de los guardias una esquela amable aunque impersonal. Cuando tuvo el paquete, bastante voluminoso, en sus manos, lo miró con satisfacción pero, sin abrirlo, lo dejó descansar varios días sobre la mesa. Por fin una noche desató con paciencia y habilidad el triple o cuádruple nudo bien apretado y sin siquiera echarle una mirada a los legajos policiales, sacó con placer evidente el libro de mitología, ajado en el lomo y con las hojas que ya estaban un poco amarillentas y carcomidas en los bordes. Sentándose en la cama lo empezó a hojear, sin leer el texto impreso en letras grandes, destinadas a un lector infantil, pero deteniéndose con profundo interés en las viejas estampas de colores que representaban la caída de Troya. Orestes de regreso a su casa, Tántalo sirviéndole a los dioses sus propios hijos como alimento, Ulises atado al mástil de su embarcación con los oídos tapados para no escuchar, por miedo de sucumbir a su fascinación, el canto de las sirenas, y también Escila y Caribdis, Gorgona, Quimera, y sobre todo el toro intolerablemente blanco, con las astas en forma de medialuna, violando eternamente en Creta, bajo un plátano, después de haberla raptado en una playa de Tiro o de Sidón, a la ninfa aterrada. La pila de documentos policiales parecía olvidada sobre la mesa. Alzando fugazmente la cabeza, Morvan le echó una mirada como para asegurarse de que seguía ahí pero, desinteresándose de inmediato, volvió a absorberse en la contemplación de las estampas de colores. De todos modos ya sabía que el tiempo adverso, a partir de esa noche tranquila empezaba a estar por fin de su lado.

A pesar de que ha estado escuchándolo con atención profunda, cuando Pichón deja de hablar y clava en él una mirada satisfecha y expectante, Tomatis se remueve un poco en su silla de hierro blanco y, evitando la mirada de Pichón, deja errar la suya durante unos segundos y después, al mismo tiempo que sus ojos se quedan tranquilos, su cuerpo entero se inmoviliza cuando su espalda, en la que la tela de la camisa azul empapada en sudor se pega a la piel, se apoya contra el respaldo de la silla.Una expresión casi cómica a fuerza de connotar desconfianza y esfuerzo mental aparece en su cara, y Soldi, equidistante de los dos, observa que cuando los ojos de Pichón advierten la expresión de Tomatis, se iluminan, discretos, con un brillo malicioso.

—Es posible —dice Tomatis, con malhumor pensativo, y después, con un movimiento distraído, se lleva la mano hacia el bolsillo izquierdo de la camisa, y saca un estuche para cigarros, de cuero oscuro y rígido, cuya forma acanalada, constituida de tres largos cilindros compartimentados y paralelos, revela su capacidad. Con el mismo aire impaciente y distraído, Tomatis abre el estuche, hace sobresalir de él un cigarro de tamaño mediano envuelto en celofán y, sabiendo de antemano que ninguno de los dos aceptará, se lo ofrece primero a Soldi y después a Pichón. Sin siquiera esperar que los otros lo rechacen de manera explícita, lo saca del estuche y, después de cerrar el estuche y de volver a guardarlo en el bolsillo de la camisa, recostándose otra vez contra el respaldar de hierro blanco, empieza a hacer girar entre sus dedos en apariencia distraídos el cigarro, y después, empezándolo a sacar de su envoltura de celofán, repite, mirando esta vez a Pichón directamente a los ojos:

—Es posible.

El brillo malicioso en los ojos de Pichón —al advertirlo Tomatis sonríe a su vez, lo mismo que Soldi, como tres lucecitas que se hubiesen encendido en la noche, a la distancia, pero no simultáneas y fuertes, sino en forma discreta y sucesiva— desciende hasta sus labios que, apenas entreabiertos, ondulan levemente.

—Es posible —dice Tomatis por tercera vez—. ¿Pero por qué volver todo tan complicado? En física o en matemáticas, la solución más simple es siempre la mejor y encima, como dicen ellos, y si vieran cómo se visten, la más elegante.

Consciente de haber captado la atención de su auditorio, Tomatis deja de hablar y se dedica, sin ningún apuro, a encender su cigarro, Pichón, que lo ha visto fumarlos desde la adolescencia, sabe que la tarea le lleva siempre mucho tiempo, pero que esta vez la demorará todavía más que de costumbre. Por otra parte, ese cigarro que Tomatis ha sacado del estuche, es un cubano, de la marca Romeo y Julieta, de grosor medio, a sesenta y ocho dólares la caja de veinticinco, y si Pichón está tan al tanto es porque es él mismo el que la ha comprado en el *free shop* del aeropuerto de París, unos minutos antes de embarcarse en el avión. Casi en el instante preciso en que el viaje fue decidido, la imagen de sí mismo comprando la caja de cigarros para Tomatis, y la imagen de Tomatis recibiéndola de sus manos han sido una especie de recuerdo anticipado y placentero, una experiencia vivida con intensidad antes de que las garras mortales de lo que efectivamente ocurre la atrapen, la banalicen y la arrojen después, sin culpa ni saña, al basural del olvido. Tomatis hurga en el bolsillo del pantalón en busca de una caja de fósforos de madera, y cuando por fin la encuentra, la saca con lentitud ceremoniosa y la deja sobre la mesa. Ya que está, y para estirar un poco más la expectativa, eleva el cigarro hasta la oreja derecha y lo oprime varias veces con la yema de los dedos para verificar si conserva la humedad requerida, operación completamente superflua puesto que Pichón le ha oído siempre repetir, hasta la náusea podría decirse, que los cigarros que se compran en los aeropuertos, por estar mal conservados, son casi sin excepción demasiado secos, y después, abriendo la caja de fósforos, saca uno y, con el extremo opuesto a la cabecita roja inflamable, perfora la punta comba del cigarro que se lleva inmediatamente a la boca y, sin soltarlo, se pone a chupar y a hacer girar entre sus labios para humedecerlo como se debe. Pichón observa que aunque las yemas y la palma de la mano de Tomatis son un poco más claras, el dorso de sus dedos y la piel del cuello y de la cara tienen casi el mismo color que el cigarro. Tomatis deja por fin de chupetearlo, examina con atención exagerada la punta humedecida, y parece decidido a encenderlo, aunque con tanta lentitud que el fósforo que le ha servido para perforarlo y que conserva todavía en la mano izquierda, y la caja que, después de volver a ponerse el cigarro entre los labios, ha recogido de la mesa con la derecha, van al encuentro uno de la otra por el aire con impulsos zigzagueantes y discontinuos, tan poco funcionales en su desplazamiento que evocan alguna anomalía de coordinación, captando a tal punto la atención de Soldi y de Pichón que, habiéndose olvidado hasta de la finalidad de esa demora, siguen impacientes y concentrados el laberinto imaginario que trazan en el aire esos movimientos. Y sin embargo, cuando el fósforo encuentra por fin la arenilla marrón de la caja, una sola fricción enérgica basta para que de la cabecita roja brote la llama, y ahuecando la palma de la mano para protegerla, Tomatis la aplica concienzudo a la punta del cigarro, sin dejar de aspirar hasta haber encendido toda la superficie circular. Tomatis se saca el cigarro de la boca, examina la punta encendida, y recién después de haber verificado el resultado de la operación, encontrándolo satisfactorio, deja caer al suelo, sin siquiera sacudirlo para que se apague, el cabito de fósforo que sigue todavía ardiendo cuando desaparece debajo de la mesa. Varias chupadas profundas, con los párpados entornados a causa de la mirada que vigila la punta encendida, van devolviendo al aire de la noche chorros espesos de humo que salen rectos y densos de entre los labios y se vuelven tenues y arborescentes cuando empiezan a disiparse. Aunque ha realizado todos sus movimientos morosos con expresión seria, casi solemne, cuando los da por terminados, desde antes incluso de desentornar los párpados para cruzar la mirada de sus dos interlocutores, Tomatis lanza una carcajada rápida, una especie de risa privada con la que se burla de su propia morosidad, revelando al mismo tiempo su carácter puramente teatral.

–El otro –dice, recuperando su seriedad, sacándose el cigarro de la boca y apuntando al pecho de Pichón con la brasa circular–; el viejo amigo. Y únicamente por placer, porque le gustaba vejarlas, violarlas, torturarlas y matarlas a las viejecitas. Por puro placer. Le gustaba hacerles creer que había venido a protegerlas, sacando un goce suplementario del terror, cuando ellas se daban cuenta de la trampa en la que habían caído. De todos modos, gracias a que todo el mundo lo conocía porque aparecía siempre por televisión, era el único que tenía la posibilidad de seguir haciéndolo. Cuando ellas lo reconocían, le creían inmediatamente y le abrían sin la menor sospecha la puerta de sus departamentos. Seguro que lo excitaba estimular en ellas la ilusión, reavivar las últimas chispas débiles de esperanza, y después, de un gesto inopinado y brutal, aniquilarlas. Y todo esto sin ningún desdoblamiento ni nada parecido: perfectamente lúcido y satisfecho, reivindicando orgulloso para su persona, por la sola legitimidad de sus pulsiones, el derecho de engañar, de violar, de atormentar, de dar muerte. Contaba con dos cartas altas para poder hacerlo, la vocación y la facilidad, y a medida que se acumulaban los cadáveres, con una tercera, la voluptuosidad del riesgo.

El círculo, sin embargo, se iba estrechando. Le gustaba hacer equilibrio en el alambre tenso, pero no ignoraba el abismo que se abría abajo. Como era íntimo amigo del hombre que dirigía la búsqueda, sabía que, si bien oficialmente ningún hecho nuevo la hacía progresar, los presentimientos de Morvan tenían en cuenta la proximidad, la familiaridad incluso de la bestia. Y la bestia sabía que el día en que sería atrapada, el cazador no podría ser otro que Morvan.Morvan, al que realmente admiraba y al que le debía todo, dos razones más que suficientes para sentir también por él un poco de odio. Por otra parte, la mujer de su amigo no le era indiferente. Si mezclaba los naipes con exactitud, saldría ganando en varias mesas a la vez.

Desde mucho antes de que empezaran los crímenes por la mujer estaba al tanto de los trances de Morvan. Y después de la separación y del suicidio del padre, cuando empezó a cortejarla abiertamente, ella le contó la historia de la madre que lo había abandonado el día de su nacimiento, para irse con un miembro de la Gestapo. Mucho antes de querer cargarle los crímenes, para hacerle retirar la dirección del despacho especial y ocupar de esa manera su lugar, no solamente por ambición, sino también porque si él mismo dirigía las investigaciones nunca sería descubierto, empezó a difundir, de manera discreta, valiéndose de terceros, rumores sobre la salud mental de Morvan. Morvan ignoraba que la carta del ministerio se refería de manera velada a esos rumores. El otro había preparado el terreno para suplantarlo únicamente en el despacho y en la cama matrimonial, y recién más tarde, y poco a poco, se le fue ocurriendo que también podría, en la misma jugada, cargarle todos sus crímenes.

Aunque había mezclado los naipes varias semanas atrás, e iniciado sus movimientos un poco antes, la primera jugada que obligaría a Morvan a entrar en la partida, tuvo lugar en su propia oficina, cuando hizo pedazos la carta del ministerio. En ese momento, ya había premeditado y comenzado a preparar los que serían, al menos por un buen tiempo, sus dos últimos crímenes. Como otros tienen varias cuentas bancarias, de las que se sirven únicamente en caso de necesidad, él tenía varias ancianas de reserva. Esa misma mañana esperó que Madame Mouton saliera a hacer las compras, la siguió, y simuló encontrarla de casualidad en el supermercado. Sabiendo que no estaría en el despacho, le dijo que lo llamara a la mañana siguiente para confirmar la cita de la noche, y que en el caso de no encontrarlo, pidiera hablar con el comisario Morvan. Para que tuviese la certeza de que él o Morvan no faltarían a la cita, y como si la idea se le hubiese ocurrido en el momento, sacó otra botella de champaña del estante y le dijo que, a la salida, después de haberla pagado, se la daría para ponerla en la heladera, de modo que pudiesen tomarla juntos durante el encuentro del día siguiente. Para su plan, necesitaba dos botellas, pero la primera la había introducido él mismo en el supermercado, después de abrirla en su casa la noche anterior, ponerle un somnífero, y volver a cerrarla cuidadosamente. Pagó las dos, le dio a Madame Mouton la botella con el somnífero, y se guardó la otra hasta la noche siguiente.

Para que el plan pudiese llevarse a cabo, Morvan tenía que tener la certeza de que el otro era el hombre que buscaba. Por eso el otro rompió la carta y arrojó al aire los pedacitos, sabiendo que Morvan, por meticulosidad, los juntaría, ya que se trataba de un documento oficial del que no había copia, pero tomó la precaución de guardarse un pedacito de papel. Un poco más tarde, después de haber abierto con el cuchillo, desde la garganta hasta el pubis, a la vieja de la Folie Regnault, se dio como de costumbre una ducha, se vistió con cuidado y, antes de salir llevándose la llave número veintiocho, dejó el pedacito de papel en la *moquette*, bien a la vista, para que ningún policía, y mucho menos Morvan, pudiese no advertir su presencia. Aunque Morvan no hubiese abierto personalmente la puerta, de todas maneras el pedacito de papel hubiese llegado a sus manos. Pero hasta en esto tuvo suerte, porque fue el propio Morvan el que lo encontró. Ese trozo minúsculo de papel, neutro para el resto del mundo, que no significaba nada, no valía nada, no simbolizaba nada, sería para Morvan la raíz, el tronco, y las ramas brillantes de la evidencia. El otro sabía que descartaría a Combes y a Juin, y que sacaría la conclusión inevitable, pero como ese pedacito de papel no representaba una evidencia más que para Morvan, no hablaría con nadie hasta no poder probar de un modo irrefutable su certeza.

El otro ya se había introducido en la oficina de Morvan y había deslizado los guantes de látex en el bolsillo de su sobretodo. Quería que Morvan los encontrara en algún momento, porque no solamente tenía planeado fabricar las pruebas materiales, sino también que, a causa de sus trances sonambúlicos,Morvan comenzase a tener dudas acerca de su propia culpabilidad.

Sabía que la llamada de Madame Mouton sería un nuevo elemento que vendría a confirmar las sospechas de Morvan, y que Morvan iría en persona a esperarlo al departamento antes de las ocho, aunque más no fuese, si no podía probarle nada, para impedirle cometer un nuevo crimen. La dosis que había puesto en el champaña estaba calculada para que el efecto del somnífero durase entre dos y tres horas. Cuando Morvan vio que los billetes que tenía en la cartera eran idénticos a los de su sueño, ya estaba empezando a dormirse, y la expresión pensativa de Madame Mouton, inmóvil en su sillón con los ojos entornados, era también consecuencia del somnífero. El otro entró a las ocho y media y los encontró dormidos. Desnudó a Morvan, decapitó a Madame Mouton sobre el cuerpo de Morvan para que la sangre chorreara sobre él, y también le puso y le sacó los guantes de látex para imprimir sus huellas digitales, y por la misma razón puso los dedos de Morvan en contacto con el manojo de llaves y con el paquete de guantes del que faltaban veintinueve pares. Después cambió la botella de champaña por la que no tenía somnífero, la hizo rodar por el suelo cuidándose de que quedara en la botella un poco que pudiese ser comparado con el de la copa de

Madame Mouton, lavó la copa de Morvan y la rompió, y por último llevó a Morvan desnudo y lo dejó en el piso del cuarto de baño. Después se lavó, se vistió, guardó la botella con el somnífero y sus propios guantes de látex en una bolsa de plástico, envolvió cuidadosamente el paquete de guantes y el manojo de llaves, abrió la canilla de agua caliente para que Morvan tuviese la impresión de despertarse en medio de una acción comenzada en estado de sonambulismo, y salió del departamento. De ahí fue directamente al departamento de Morvan, donde dejó el paquete de guantes y el manojo de llaves, salió a la calle, hizo desaparecer la bolsa de plástico con la botella y sus propios guantes, y se encaminó al despacho especial. Había calculado el tiempo que duraría el efecto del somnífero, y si, era posible, quería llegar al departamento con los otros policías en el momento en que Morvan empezara a despertarse. Llamó un par de veces sabiendo que, aún despierto, Morvan no contestaría, y después, haciéndose acompañar por un grupo numeroso de policías que servirían de testigos irrefutables, se dirigió al departamento de Madame Mouton. Importaba poco que Morvan estuviese despierto o dormido, porque todos los jefes estaban al tanto de sus trances sonambúlicos, y Caroline estaría obligada a declarar lo que le había contado a él, pero también en eso las cartas le fueron favorables, porque justo en el momento en que forzaron la puerta, Morvan, que a causa del somnífero y medio dormido todavía durante unos segundos en que creía estar ya despierto no reconoció su propia imagen en el espejo, salió del cuarto de baño, desnudo y ensangrentado, tropezando con la cabeza de Madame Mouton y haciéndola rodar por la alfombra hacia los zapatos humedecidos de nieve de los policías. Los policías se dispusieron a arrojarse sobre él, pero el otro se los impidió: quería que Morvan tuviese tiempo de razonar, de analizar la situación, las pruebas materiales, el número y la calidad de los testigos, y concluyera por sí solo que estaba perdido. Más: quería que, después de la certidumbre, la duda también recogiese su parte de ganancia, y que el propio Morvan, aunque no tuviese ningún recuerdo, y el haberlo tenido quizás tampoco hubiese probado nada, admitiera la posibilidad de ser él mismo la sombra mortal que venía persiguiendo desde hacía nueve meses. El otro ya sabía que, habiendo analizado los hechos, Morvan no podría acusarlo, porque esa acusación sería para los testigos y para los jueces una prueba suplementaria de perversidad y de demencia. Cuando Morvan empezó a buscar sus ojos, el otro comprendió que la partida estaba terminada, y recién entonces, sabiendo que hasta de eso podría sacar provecho, condescendió a la compasión.

A causa del esfuerzo que le han exigido sus palabras, y quizás también de los efectos del cigarro, que ha venido chupando con energía en los momentos más intensos de su monólogo, cuando Tomatis hace silencio, el sudor sigue brotando todavía de su frente, y se desliza por los pliegues movedizos y rugosos de su cara socarrada por el sol. Cuando se echa un poco hacia adelante en la silla y, recogiendo su vaso, toma un trago de cerveza ya tibia, a causa de la temperatura de la bebida su aire satisfecho se enturbia fugazmente con una expresión de desagrado.

También los otros, que sin embargo lo han escuchado sin moverse, sudan bastante y, como él, sienten la camisa pegoteada a la piel de la espalda. Cuando han bajado de la lancha en el Yacht Club, después de despedirse del tripulante, han decidido venir a comer al patio en el que están ahora –un patio cervecero, lo llaman en la ciudad–, pero antes Soldi los ha depositado en el auto a cada uno en su casa, para descansar un poco y darse una ducha, y se han vuelto a encontrar alrededor de las nueve y media. Alicia y el Francesito, que no abrieron la boca durante el trayecto en auto, pero que al separase frente al taller de Héctor, donde se aloja Pichón, convinieron algo en voz baja como si hubiesen sido conspiradores, y como si hubiesen querido mantenerse a toda costa al margen del mundo desalentador de los adultos, ni siquiera se dignaron contestar a la invitación de Tomatis y Pichón de unirse a ellos para la cena, de modo que después de las nueve, habiendo llegado cada uno por sus propios medios, provenientes de diferentes puntos de la ciudad que ya había entrado en la noche, recién bañados y cambiados, hambrientos y sedientos, y sobre todo con ganas de seguir conversando, se encontraron en el patio iluminado por las hileras de luces que cuelgan de las paredes blancas, de las ramas de las acacias gigantes y de las palmeras. Para estar más tranquilos, eligieron a propósito la mesa más alejada de la entrada y se sentaron, cuando todavía no había empezado a llegar demasiada gente, Tomatis de espaldas a la entrada, donde están instalados el bar, las parrillas y la cocina, adosados a una pared de ladrillos pintada de blanco y protegidos por un techo común de paja, Pichón enfrente de Tomatis, de modo que ha estado todo el tiempo observando al barman y a los cocineros, y el ir y venir de los mozos por los senderos rojos de ladrillo molido para servir las mesas dispersas entre los árboles, y Soldi equidistante de los dos, en la cabecera, viendo todo el tiempo, más allá de las ruedas de carro de distinto tamaño pintadas de blanco, de la parecita de balaústres blancos y de la calle oscura, el edificio achatado de la Terminal de Ómnibus que, aunque ha sido inaugurado hace ya veinte años, Pichón sigue llamando todavía la Terminal Nueva. Los tres tienen residuos de las sensaciones que han experimentado a lo largo del día caliente y luminoso, y el paseo por el río, la visita a Rincón Norte, los vericuetos de islas desteñidas y de agua, les dejarán seguramente a los tres recuerdos propios, salidos de una experiencia común, pero intraducibles a los idiomas privados de los otros, y que los acompañarán hasta la muerte. Han llegado de vuelta a la ciudad en el rumor del anochecer, y la ducha rápida que se han dado no les ha procurado más que una frescura pasajera, un alivio momentáneo y superficial. Únicamente la conversación los ha hecho olvidarse durante un par de horas del calor embrutecedor, del tiempo inquietante y oscuro que los atraviesa, continuo y sin cesuras, como un fondo constante y monocorde. Alertas y volubles, graves y juguetones, reconcentrados y al mismo tiempo disponibles, durante un par de horas han obligado a las fuerzas que tiran hacia lo oscuro a quedar fuera de sus vidas, sin dejar de saber ni un solo instante que, en las inmediaciones, dispuestas como siempre a arrebatarlos, esas fuerzas palpitan todavía.

Ahora que Tomatis ha dejado de hablar, Soldi piensa que el aire satisfecho que adopta es más simulado que genuino, y durante por lo menos un minuto, los tres se quedan en silencio. Es un silencio reflexivo pero un poco incómodo, como si un sentimiento de vergüenza se hubiese apoderado de ellos y que a Soldi, que sin embargo lo empieza a experimentar también él, le resulta inexplicable. Las tres camisas –la azul, la amarilla y la verde claro casi fluorescente– que hace dos horas estaban limpias, rígidas y bien planchadas, pero que ahora están deshechas por el sudor, quedan inmóviles, igual que las caras tostadas y los brazos tostados que emergen de sus cuellos y de sus mangas. Una bailarina, extraviada en el aire de la noche, lejos de las luces colgadas entre los árboles, alrededor de las cuales giran y se entrechocan miles y miles de sus semejantes, aletea en el vacío sobre la mesa, por encima de los vasos y de los platos sucios, entre restos de comida, carozos de aceitunas, cuartos de limón exangües y retorcidos, migas despedazadas, aceite, grasa, queso endurecido y filamentos de tomates. La mariposa evoluciona haciendo vibrar sus alas blancuzcas que se vuelven como transparentes, volando cada vez más bajo por encima de los restos de comida, como si le costara remontar, y como si el peso de lo que tira hacia abajo, despechado por no haber podido atrapar todavía a los tres hombres que permanecen en silencio alrededor de la mesa, estuviera ensañándose con ella. Los tres se ponen a mirarla con interés y con cierta sorpresa, la ven girar vertiginosa en torno de sí misma, elevarse, descender, en círculos cada vez más reducidos, hasta que, exhausta, cae en picada, como una piedrita blanca, en el plato de las aceitunas. Pichón se inclina hacia ella, y sacudiendo un índice amenazador sobre el plato, le dice con tono de reprobación:

–Ya te advertí cuando tuve que sacarte del bolsillo que no queríamos volver a verte por aquí.

–No es la misma –dice Tomatis, inclinándose sobre el platito de aceitunas.

–No se sabe –dice Pichón–. Y aún así, ¿cuál es la diferencia?

El cuerpito blanco aletea cada vez más lento, medio sumergido en los restos de aceite. Las pocas aceitunas que quedan en el plato, formas ovoides de un verde lustroso y sombrío, parecen, junto a la manchita blancuzca que agoniza, más misteriosas y pétreas que las pirámides, y más mudas, distantes y desdeñosas que las estrellas. Cuando la mariposa se inmoviliza por completo, un trueno inesperado y violento que se demora en la noche haciéndola vibrar, da la impresión de sacudir las ramas de los árboles y todo el aire alrededor, porque un viento brusco empieza a soplar. Tomatis señala con lo que queda de su cigarro la mariposa inmóvil en el charco de aceite, y después dirige la punta encendida hacia el cielo.

–Su hora sexta –dice.

–Ni siquiera –dice Pichón–. Es una coincidencia.

Un relámpago azul que arrastrará consigo otro trueno ilumina el patio. En la altura, los penachos de las palmeras y las ramas de las acacias se sacuden con violencia, arrastrando en sus movimientos las lámparas que cuelgan de ellas y produciendo un vaivén agitado de luces y de sombras, y aunque los manteles de papel de las mesas desocupadas empiezan a volarse y el polvo de ladrillo a formar unos remolinos rojizos en el aire de los senderos que los mozos y clientes atraviesan ya con euforia precipitada, Tomatis y Pichón siguen inmóviles, inclinados hacia el plato de aceitunas. Soldi los observa, curioso y sorprendido: más cerca de los cincuenta que de los cuarenta, no parecen ignorar lo que se aproxima, y sin embargo dan la impresión de estar instalados en el presente como en un trono indestructible. Parecen no esperar nada, no desear nada. Indiferentes a la agitación que los rodea, observan inmóviles el plato de aceitunas, sin que ninguna expresión particular denote en sus caras oscurecidas por el sol alguna emoción o algún pensamiento. Olvidados de sí mismos, parecen haber decidido, en algún momento que Soldi no podría precisar, zambullirse en el río de lo exterior y dejarse flotar, tranquilos, en la corriente. Casi al mismo tiempo, Pichón y Tomatis se incorporan, despacio, ignorando todavía el tumulto que crece a su alrededor. A Soldi le parece notar que sus miradas se encuentran, fugaces, y casi en seguida, por alguna razón que se le escapa, se rehuyen. El segundo trueno, más violento y más prolongado todavía que el primero, retumba en el patio, y son sus vibraciones las que parecen sacudir las copas de los árboles, y no el viento que, en las porciones del cielo que la tormenta no ha cubierto todavía, hace parpadear las estrellas. Pichón recupera su sonrisa, y mete la mano en el bolsillo del pantalón, disponiéndose a pagar.

–Va haber que irse –dice– porque ahora sí que está llegando el otoño.

Otros títulos en la colección Dedalus

Alexánder Obando, *El más violento paraíso*

Catalina Murillo, *Marzo Todopoderoso*

Mauricio Orellana, *Heterocity*

Rodrigo Soto, *En la oscurana*

Víctor Alba de la Vega, *La ausencia del mal*

Juan José Saer, *El entenado*

Manuel Puig, *El beso de la mujer araña*

ediciones
Lanzallamas

www.ingramcontent.com/pod-product-compliance
Ingram Content Group UK Ltd.
Pitfield, Milton Keynes, MK11 3LW, UK
UKHW040300300826
14791UKWH00002B/618

9 789968 636322